Su Turhan

Frau Habersak und die Sache mit den leuchtenden Dämonen

Impressum

1. Auflage November 2021

kontakt@freistunde.bayern

ISBN: 978-3-947029-46-4

Grafik und Layout: Johanna Wutz

Autorenfoto: © Guido Krzikowski

Frau Habersak

und die Sache mit den leuchtenden Dämonen

Roman für jungalte Menschen
von Su Turhan

frei!stunde BOOKS

Für Lyn und Floyd.

Schlafensmüde streckte Nyl die Arme und löste das verrutschte Tuch vom Kopf, um seinen Sitz wieder in Ordnung zu bringen. Weiße Tupfer zierten den taubenblauen Stoff. Sie legte ein Dreieck und band das Tuch eng, sodass ihre Haare darunter verschwanden. Erschrocken stellte sie fest, dass sie allein in dem Reisebus war. Bis auf die Rucksäcke und Jacken und Kappen und Lesebücher und Fußballkarten und Süßigkeitentüten und Brotzeitboxen auf den Sitzplätzen. Mit geschultertem Rucksack schritt sie die Sitzreihen entlang und sprang aus dem Bus. Sie nahm den Trampelpfad, der zur Ruine einer einst mächtigen Burganlage führte.

Nyl erreichte die Gemäuer, als sich ihre Klasse im Burghof umsah. Sie erblickte das Mädchen, das behauptete, sie habe unter dem Kopftuch keine Haare. Glatzen-Nyl. *Hätte sie nett gefragt,* dachte Nyl, hätte sie ihr gesagt, dass sie sehr wohl Haare hatte.

Nyl bemerkte nicht, wie der Junge mit Igelhaaren und winziger Nase sich von hinten anschlich. Er riss ihr die Sonnenbrille aus der Hand und baute sich vor ihr auf. Nyl hatte sich seinen Namen gemerkt. Das war Mark. Ein nerviger Junge. Im Schulhof gab er bei jeder Gelegenheit mit seinem Skateboard an. War verboten. War ihm aber egal.

»Zeig deine Haare, sonst landet die Brille im Wehrgraben«, drohte er.

Sie verstand selbst nicht, was jetzt passierte.

Jedenfalls holte sie aus und gab Mark eine Ohrfeige. Keine feste. Mehr symbolisch, aus lauter Verzweiflung über die Ungerechtigkeit. Mark erschrak. Er hielt sich die Wange und blickte verdattert in die kichernden Gesichter der Mitschüler. Dann wandte er sich von ihr ab und steckte die Brille in die Hosentasche.

Später sprach im Audienzsaal die Klassenlehrerin Frau Herrlich über die Erbauer der Burganlage. Sie unterrichtete Geschichte und wusste viel über das ausgestorbene Adelsgeschlecht von Hattersberg.

Der berühmteste von Hattersberg hatte das traurigste Schicksal von allen. Über zwanzig Jahre saß er im Kerker, weil er sich in eine nicht standesgemäße Frau verliebt hatte. Hätte er der verbotenen Liebe zu einer Bauernmagd abgeschworen, wäre er auf freien Fuß gesetzt worden. Doch die Liebe des Fürstensohnes war unermesslich. Das Wort »unermesslich« zog die Lehrerin in die Länge.

Einige grinsten. Mark blieb ernst. Er schielte zu Nyl, als er von Frau Herrlich wissen wollte, ob der Fürstensohn gefoltert wurde, damit er den Namen preisgab. Nyl schmunzelte in sich hinein. Was für ein Idiot!

Die Lehrerin zuckte mit den Achseln. Von Folterungen hatte sie nichts gelesen. Stattdessen erzählte sie von Heinrich von Bing, dem Vasallen, der dem Fürsten bis über den Tod hinaus treu ergeben war. In Auftrag des Fürstenvaters suchte der Vasall die Geliebte des Sohnes im ganzen Land. Hätte er sie gefunden, wäre die Magd wie eine Hexe mit Steinen um den Hals ertränkt und das Dorf, das sie versteckte, niedergebrannt worden. Als Dämon verschrien verbreitete der Vasall Angst und Schrecken bei den Untertanen, fand aber trotz aller Anstrengungen die Magd nicht. Der Jäger und die Gejagte sind sich in den vielen, vielen Jahren kein einziges Mal begegnet. Der Familiengeschichte nach zerbrach Heinrich zu Bing nach jahrelanger Suche an seiner Aufgabe. Er verlor den Verstand und lebte fortan in einer Welt voll Wahnvorstellungen, in denen er ein unendlich großes Heer anführte. Als Heerführer machte er mit der Verfolgung weiter, obwohl der Fürstensohn im Kerker das Zeitliche gesegnet hatte.

Das Ende der Geschichte machte der Lehrerin zu schaffen. Sie unterdrückte Tränen über den Tod des armen Adligen.

Sie hätte genauso gut »gestorben« sagen können, fand Nyl und äugte zu Mark, der sie breit angrinste. Er hob wieder dic Hand. Offenbar bekam er den Hals nicht voll. Logisch, er wollte die Lehrerin zum Heulen bringen.

»Wissen Sie, ob die Ewige Liebe den Fürsten im Kerker besucht hat? Vielleicht heimlich, verkleidet als Adlige?«, fragte Mark mit bebender Stimme, als heule er gleich los.

Ewige Liebe! Nyl warf ihm einen verächtlichen Blick zu. Frau Herrlich aber lobte Mark für die Wortwahl. Nach reiflicher Überlegung stellte sie die Vermutung an, dass der Fürstensohn zugrunde gegangen war, ohne seine Herzensdame wiederzusehen. Weinen vor Rührung und Romantik wollte sie nicht, obwohl alle damit rechneten.

Nyl bemerkte Marks enttäuschtes Gesicht. Er wedelte sich mit ihrer Sonnenbrille Luft zu. Nyl ignorierte ihn und die unverschämte Drohung.

Eine Frage ist unbeantwortet geblieben, überlegte Nyl. Sie meldete sich.

»Haben Sie herausbekommen, wer die Bauernmagd war?«.

Die Frage gefiel der Lehrerin. Sie machte eine lange Pause, bevor sie verkündete, dass der Fürstensohn bis zu seinem Tode ihren Namen nicht verraten hatte.

»Dazu ist eine sehr, sehr schöne und romantische Legende überliefert. Der Fürstensohn soll seine Magd auf einem edlen Hengst in ein Dorf ganz in der Nähe gebracht haben. Bis zum heutigen Tag soll sie dort in Sicherheit vor dem Vasallen und seinen Schergen leben.«

Schergen! Auch so ein Wort, lächelte Nyl.

Nach dem Vortrag setzte die Klasse die Führung fort. Die Schüler gingen den schmalen Treppenaufgang zu den Privatgemächern des Fürstenpaares hoch. Mark drängte sich zu Nyl vor.

»Du, ich habe eine Wette laufen«, sagte er.

»Eine Wette?«, erwiderte Nyl.

»Wegen deiner Haare. Farbe, Länge und so. Sag schon.«

»Gib mir meine Sonnenbrille zurück.«

»Wenn du mir sagst, wie deine Haare sind.«

Nyl dachte nicht daran, ihm mit der bescheuerten Wette zu helfen. Sie ließ ihn stehen und folgte den anderen in das fürstliche Schlafgemach.

Die Lehrerin klatschte in die Hände. »Zuhören Kinders. Seht euch in aller Ruhe um. Mittagspause machen wir beim Rotwildgehege. Der Weg dorthin ist ganz einfach. Geht über das Haupttor aus dem Burghof. Am Waldrand ist ein Wegweiser. Nach der Pause besichtigen wir den Hattersberg Kerker in den Katakomben.« Sie versuchte dramatisch zu klingen, als sie ankündigte: »Mit ein bisschen Glück, gibt's dort etwas ganz Besonderes zu bestaunen.«

Ohne nachzufragen, schwärmten die Kinder auseinander. Nyl bemerkte, wie Frau Herrlich die Enttäuschung über das mangelnde Interesse herunterspielte.

Nyl nahm sich Zeit und schritt in dem Gemach umher. Die Wände waren holzgetäfelt. Das herrschaftliche Bett war mit einer Kordel umschlossen. In einer Ecke tuschelte eine Gruppe Jungs. Nyl war nicht das erste Mal die Neue in der Klasse. Sie fand, dass sie genug gesehen hatte und vor allem hatte sie keine Lust auf Scherereien.

Auf dem Weg nach unten hörte sie im Treppenaufgang Schritte hinter sich. Mark folgte ihr. Sie rannte schneller.

»Warte! Was soll das!«, hörte sie ihn rufen. »Ich gebe dir die Brille zurück!«

Nyl glaubte ihm nicht. Sie rannte schneller, erreichte den Ausgang und blieb stehen. *Was bildete er sich ein! Ihre Haare gingen niemanden etwas an,* ärgerte sie sich. Sie erreichte den Eingang zu den Katakomben. Ein dickes Seil hing vor der Holztür. Schnell kroch sie darunter hindurch und drückte die Klinke nieder. Überrascht stellte sie fest, dass sie nachgab. Vorsichtig trat sie ein und blieb hinter der Tür stehen. Sie lauschte, wie Mark vorbei spurtete. Zufrieden atmete sie auf.

Gleich darauf zog Nyl das Kopftuch tiefer in die Stirn und stieg die Treppenstufen nach unten. Sie wartete, bis Mark weit genug weg war.

Ein kühler Windzug fuhr ihr über die Haut. Nyl fröstelte. Schilder wiesen den Weg zu dem Kerker, in dem der junge von Hattersberg gefangen gehalten worden war. Sie folgte ihnen. Nach einige Schritten blieb sie stehen. Sie sah Sonnenstrahlen, die durch Ritzen auf den Boden fielen.

Komisch, dachte sie, *sind Katakomben nicht unter der Erde? Ist dort vielleicht ein Ausgang? Ein geheimer Ausstieg für Notfälle, wenn die Burg von Feinden belagert ist?* Neugierig steuerte sie auf die leuchtenden Stellen zu. Auf halber Strecke erreichte sie den Kerkerraum, den sie mit der Klasse besichtigen wollten. Gleichzeitig hörte sie, wie die Tür knarzte.

Marks Stimme echote an den Mauerwänden entlang. »Nyl!«, schrie er in die Dunkelheit. »Wir müssen zum Treffpunkt! Wo bist du?«

Der Skateboarder ohne Brett kennt meinen Namen, wie nett, dachte sie. Dennoch hatte sie keine Lust, ihm zu antworten. Sie tastete sich den Gang vor und erreichte die Stelle, die von Tageslicht erhellt wurde. Das Mauerwerk war lose. Sie entfernte etliche Steine, bis das Loch groß genug war, um hinauskriechen zu können.

»Nyl, komm mal«, hörte sie Marks Stimme aus einiger Entfernung. Sie war leise, mehr ein Flüstern.

Nyl drehte sich um und sah Mark, der vor den Gitterstäben des Hattersberg Kerkers im Gang stand und hinein starrte. Ein unheimliches Licht aus dem Inneren erstrahlte sein Gesicht. Als Mark den Kopf zu ihr wandte, erkannte Nyl in seinen Augen, wie verwirrt er war. *Was ist da?*, fragte sie sich und hielt den Atem an. Ein Luftzug pfiff von draußen durch das Mauerloch.

»Komm doch! Was machst du da?«, hallte Marks Stimme zu ihr.

»Nichts!«, flüsterte sie zurück und kletterte durch das Loch.

»Echt jetzt!«, schrie Mark erschrocken, als Nyl nicht mehr zu sehen war. Er rannte los. *Wo will sie denn hin?*, ärgerte er sich, als er das Mauerloch erreichte und Nyl draußen nicht sehen konnte.

An dem heißtrockenen Freitag hatte sich Frau Habersak nicht viel vorgenommen. Das Schrebergartenhäuschen war in Ordnung gebracht. Die Wassersuppe für die Dorfschüler war gekocht und langweilte sich beim Abkühlen. Gerade beendete sie mit dem Feuerwehrschlauch das Würmewässern im ausgedörrten Erdreich und blickte hinüber zu den alterslustigen Uhrzeigern der Dorfkirche. Sie beschloss, das Pferd zum Teich zu führen.

Frau Habersak sattelte Heikko, den strammen, eigensinnigen Hengst, der nahezu so groß war wie ihr Häuschen und schnallte die maßgeschneiderte Sonnenbrille mit Klettverschluss um seinen baumstammdicken Hals.

Gekonnt schwang sie die dünnen Beine, deren Enden von nackten Füßen mit blau angemalten Zehennägeln geziert waren, auf Heikkos Rücken. Es war lange her, dass sie ihn zum Schwimmen ausgeführt und nach den Fischen im Teich gesehen hatte. Heikko wieherte aus Vorfreude auf die Abkühlung und trabte los. Keine zehn Trabschritte später blieb das Tier stehen. Frau Habersak nasatmete aufgeregt. Die Nasenflügel blähten sich wie Miniballons auf. »Heikko, ich flehe dich an! Du bist ein Pferd!«

Heikko wackelte mit dem Kopf.

»Doch!«, stellte sie klar. »Du bist ein Nutztier mit Platz auf dem Rücken. Erwartest du im Ernst, dass ich neben dir hergehe? Nach all der Arbeit? Nach der Suppe, die ich gekocht habe? Versteh doch, ich ...«, verzweifelte sie und unterbrach sich sodann.

Du redest mit einem Tier, maßregelte sie sich, als ihr bewusst wurde, wie sie aus der Fassung zu wutbrechen drohte. Sie fuhr den Takt der Nasenatmung herunter, bis das durchlöcherte Nervenkostüm geflickt war.

Bitten und betteln führte bei Hengst Heikko nicht zum Ziel. Das Tier hatte Überzeugungen, denen sie wohl auf andere Weise beikommen musste. Sie klopfte ihm auf den Hals, streichelte die zottelige Mähne und meinte drohfreundlich: »Was hältst du davon, wenn ich die Dorfschüler frage, ob sie dich nach der Schule ausführen?«

Der Hengst wieherte und schnaubte Strahlen von Sabber durch die Nüstern, als habe er die Drohung verstanden und wolle kein lustlärmendes Balg auf seinen Rücken, das fälschlicherweise überzeugt war, die Kunst des Reitens zu beherrschen. Er trabte los. Allerdings sehr gemächlich, wohl um seinen Widerwillen zur Schau zu stellen. Gegen die erpresserische Rückensitzerin war kein Kraut gewachsen.

»Wie zauberschön! Hab Dank, du edles, wundersames Geschöpf. Dafür gibt es eine extra Portion Heu nach dem

Schwimmen«, frohlockte Frau Habersak. »Auf zur Blumenwiese.«

Kaum war Nyl durch das Mauerloch in den Katakomben gekrochen und hatte einen Fuß vor die Burgruine gesetzt, wurde sie von Gerüchen umhüllt. Es roch nach Erde und Baumrinde und Eichhörnchen und Moos und Pflanzen und Beeren und Kräutern. Sie entdeckte den Wegweiser, auf den die Lehrerin aufmerksam gemacht hatte. Ein metallenes Schild, das an einem Ast baumelte. Darauf stand mit geschwungenen Buchstaben:

DURCHGANG

auf höchst eigenen Wunsch

Sie dachte über die merkwürdige Aufforderung nach, überlegte, ob sie sich nicht am falschen Ende der Burg befand, als sie Mark nach sich rufen hörte. Er war ihr durch das Mauerloch gefolgt. Schnell betrat sie den Pfad, der in einen Wald führte.

Nyl war kein Mädchen, das schnell Angst bekam. Grund dafür war ihr Vater, der in der Türkei geboren war und als Kranführer in Deutschland arbeitete. Um an seinen Arbeitsplatz zu kommen, kletterte er eine Leiter mit einhundertundzweiundvierzig Stufen hoch. Bis ganz weit nach oben in den Himmel. Sie hatte ihn einmal gefragt, ob er nicht Angst hatte herunterzufallen.

Nyls Vater sprach nicht gut Deutsch und vermischte Wörter seiner türkischen Muttersprache mit Wörtern aus dem Deutschen. Nyl hatte dennoch nie ein Problem, ihren Vater zu verstehen. »Weißt du, mein Kind. Jedes Mal, wenn ich die Leiter hoch in den Himmel steige, schließe ich die Augen, um nicht in die Tiefe zu sehen. Dabei stelle ich mir vor, was ich nicht verlieren will, was mir wichtig ist im Leben. Mir fallen immer viele Dinge ein. Doch keines der Dinge ist am Ende so wichtig, dass ich darauf verzichten könnte. Denke ich aber an dich, mein Nylchen, oder an deine Mutter, werde ich ganz ruhig, und die Angst hinunterzufallen ist nicht mehr so schlimm. Vergiss meine Worte nicht. Vielleicht hilft dir das, solltest du dich fürchten.«

Tapfer ging sie weiter durch den Wald. Es wurde ruhiger und stiller, je tiefer sie in die Dunkelheit schritt, vorbei an den dicht an dicht kauernden Bäumen. Endlich hatte sie das Ende des Waldes vor Augen. Mit dem letzten Schritt aus dem kühlen Dickicht, empfing sie die gleißende Sonne.

Sie hielt eine Hand vor die Augen und schielte über die weite, leere Blumenwiese vor sich.

»Frau Herrlich! Wo sind Sie?«, rief sie.

Da war kein Wildgehege. Keine Lehrerin, keine Mitschüler, die Pause machten. Die Wiese schien kein Ende zu haben. Welchen Weg sollte sie einschlagen? Sie drehte sich um. Was sie entdeckte, verblüffte sie. Obwohl denken und sprechen bei der Hitze unglaublich schwerfiel, stellte sie fest, dass der Wald, den sie durchschritten hatte, nicht so weitläufig war, wie sie gedacht hatte. Nur vier Schritte brauchte sie, um am Rand zu stehen und zu gucken: Die Bäume standen linealgerade und bravreihig nebeneinander. Nyl dachte bei der Form an einen Legostein. *Merkwürdig*, sagte sie sich, *du hast einen Legosteinwald durchquert.* Da kitzelte erneut die Sonne über ihr Gesicht. Nyl zog – wie sie von ihrer Mutter gelernt hatte – das Kopftuch ein Stück über die Stirn. Der Stoff spendete Schatten über ihre mattbraunen Augen. Nyl blinzelte in den wolkenlosen Himmel. Wie ein mit Zirkel gezogener Kreis klebte die Sonne darauf. Gerne hätte sie jetzt ihre Sonnenbrille von Mark zurückgehabt.

Nach ein paar Metern auf der Blumenwiese hielt Nyl den Rucksack über den Kopf, um ihr Gesicht vor der heißen Sonne zu schützen. Doch das Hochhalten war anstrengend. Sie kam auf einen Gedanken. Geschwind rannte sie zurück zum Legowald. Dort fand sie einen losen Ast, hob ihn auf und schloss die Augen, damit die Sonnenstrahlen nicht weh taten. Außerdem half das gegen die Angst. Obwohl da ja nichts war. Nichts, wovor sie sich fürchten musste. Die Wiese war leer. Niemand war zu sehen. Mit zugekniffenen Augen und dem Ast als Blindenstock machte sie einen Schritt nach dem anderen. Erst langsam und zögerlich. Dann immer forscher und sicherer. Zu ihrem Erstaunen begann sie nach einiger Zeit auf der Haut ein Kribbeln zu spüren. Irgendwie müssen sich die bunten Farben der Blumen auf der Wiese so anfühlen, freute sie sich und lächelte über den Klang der Bienen, die glockenhoch im Chor summten.

Keine hundert Schritte weiter blieb Nyl stehen. Sie horchte. *Wie konnte das sein?*, wunderte sie sich. Doch sie hörte es genau.

Unter das Summen der Bienen hatte sich ein panischblubberndes Atmen gemischt. Die Laute hatten etwas tief Beunruhigendes. »Das kommt aus einem Gewässer. Aber auf der Wiese ist nichts mit Wasser!«, sagte Nyl laut.

Um sich zu vergewissern, öffnete sie langsam die Augen und wurde ein weiteres Mal überrascht: In einiger Entfernung erblickte sie einen Teich. Schön war er anzusehen, mit Efeu und wilden Rosen, die ihn umzäunten. Nyl schloss die Augen wieder und horchte fest in sich hinein. Deutlich hörte sie die blubberängstlichen Laute. Ein Ziehen im Bauch stellte sich ein. Sie seufzte besorgt auf.

Unsicher setzte sie ihren Weg fort. Recht bald, obwohl sie nicht schnell gegangen war, verhedderte sie sich im Wurzelwerk eines Baumes und fiel in die Wiese. Auf dem Rücken liegend, blickte sie an den unzählbar vielen Ästen hoch. Was war das? Wirklich ein Baum? Wie ein vielarmiger Wächter schien er seit jeher die Wiese zu bewachen. Nyl kam sich neben dem Riesen ganz winzig vor. Irritiert rappelte sie sich wieder auf.

Kurz darauf erreichte sie den Teich und spitzte nochmals die Ohren. Auf einmal war sie sich gar nicht mehr sicher. Ob das beängstigende Blubbern wirklich aus dem Teich kam? Sie stellte den Rucksack ab. Obwohl das Ziehen im Bauch stärker wurde, wollte sie sich Gewissheit verschaffen. Sie zögerte, aber nicht sehr lange. Schnell kniete sie nieder und hielt ihr rechtes Ohr über das Wasser.

Fangflink schnellte ein Fisch durch die Wasseroberfläche und schnappte nach ihrem Ohr, als würde er sie in den Teich ziehen wollen. Zu Tode erschrocken sprang Nyl auf die Beine und schleuderte mit einer Handbewegung den Fisch in das Wasser zurück. Kurz, bevor er auf der Wasseroberfläche auftraf, hörte sie aus dem Maul einen blubbernden Paniklaut. Dumpf, aber deutlich. Sie atmete durch und überlegte, was sie tun sollte. Denn sie hatte das Gefühl, dass der Fisch mit ihr gesprochen hatte! Nur was? Was wollte er ihr sagen?

Weit entfernt, aber nah genug, saß Frau Habersak auf Hengst Heikko und beobachtete, wie das Mädchen, das ihr fremd war, mit der Hand in die Luft schlug. Heikko schnaubte interessiert und hob den Kopf, um die verrutschte Sonnenbrille zurecht zu rücken. Frau Habersak war sich nicht sicher. Hing da tatsächlich ganz kurz ein Fisch am Ohr des Mädchens? Dann ärgerte sie sich. An die empfindlichen Augen des Hengstes hatte sie gedacht, nicht aber an ihre eigenen. Sie beugte sich zu Heikko hinunter: »Ich habe meine Sonnenbrille vergessen! Wie unachtsam von mir, mein Freund.« Heikko wieherte, als verstehe er jedes Wort. Frau Habersak blinzelte gegen die Sonne und verfolgte, wie das Mädchen bis auf Kopftuch und Unterhose die Kleider auszog und vorsichtig in den Teich stieg.

»Hau mir ab … Frau Habersak«, schrie sie belustigt und wandte sich an Heikko: »Das Mädchen geht schwimmen. Da hast du Gesellschaft im Teich. Wie schön!«

Kaum war Nyl unter Wasser, bereute sie ihren Entschluss. Trotz weit geöffneter Augen konnte sie nur wenig erkennen. Der Teich war durchwuchert und durchsetzt mit glibberekligen Schlingpflanzen und bäh riechendem Grünzeug. Sie fragte sich, ob Fische sich in dem trüben, verschmutzten Wasser überhaupt wohl fühlen konnten. Zu ihrer Verwunderung hörte sie kein Blubbern mehr, auch konnte sie den Fisch, der an ihrem Ohr gehangen war, nicht finden. Als sie die Augen schloss, weil sich ein Blatt auf ihrem Gesicht bequem gemacht hatte, hörte sie die Laute wieder. Sie kamen nicht nur von dem einen Fisch. Alle Fische im Teich atmeten schwer. Die panisch blubbernden Wimmerlaute waren Hilferufe, da war sie sich jetzt sicher! Nyl vergaß beinahe, dass sie unter Wasser war. Bevor ihr die Luft ausging, stieß sie sich mit beiden Füßen vom Teichboden ab und schoss mit dem Kopf durch die Wasseroberfläche.

Dort erwartete sie das zum Doppelpunkt geformte Gesicht einer Frau, deren Alter einzuschätzen so schwer war wie das Lösen von Matheaufgaben mit Buchstaben. Der mehr lange als breite Körper wirkte ganz alt, das luftballonartige Gesicht mittelalt, die groben Hände mit feinen Fingern daran schienen neualt zu sein. Das blonde Haar der Frau baumelte zu Zöpfen geflochten unter einem Strohhut heraus. Zudem saß sie aufrecht in viel zu weiten Jeans auf einem Hengst, der die gleiche lilafarbene Sonnenbrille trug, die ihr Mark weggenommen hatte. Nyl war zu erstaunt. Sie grüßte nicht, wie sie gelernt hatte. Stattdessen schnaubte sie außer Atem: »Wer sind Sie denn?!«

Ohne sich vom unhöflichen Tonfall des Mädchens beirren zu lassen, sprang Frau Habersak von Heikko herab und reichte ihr die Hand. Doch die blaulackierten Fingernägel blieben tatenlos in der Luft hängen. Nyl ignorierte die Hand. Sie hatte begonnen, die Beine vom Grünzeug zu befreien. Außerdem rang sie nach Luft. Sie war viel zu lange unter Wasser gewesen. »Sind Sie echt?«, wollte Nyl wissen, als sie mit dem Säubern fertig war.

Doch statt ihr zu antworten, kniff Frau Habersak die etwas zu groß geratene Nase des Mädchens.

»Aua!«, schrie Nyl laut auf. »Das hat weh getan! Erst beißt mich der Fisch und jetzt Sie! Was ist heute nur los?«

»Bin ich echt oder nicht?«, fragte Frau Habersak mit einem Lächeln, das eine erstaunliche Ähnlichkeit mit einem Kommazeichen hatte.

Nyl rieb sich die Nase und musterte Heikko: »Und der da? Ist der auch …«

»Ich muss mich entschuldigen, junge Dame! Wo bleibt nur mein Anstand?«, unterbrach Frau Habersak sie und wandte sich mit einer Handbewegung dem Hengst zu. »Darf ich vorstellen, das ist Heikko. Heikko, das ist?« Sie wartete auf Nyls Antwort.

Diese verdrehte die Augen und sagte noch verärgert über das Kneifen: »Das geht Sie nichts an, Frau?«

»Habersak! So werde ich genannt. Das ›Frau‹ war schon richtig! Und wer bist du?«

Sie überlegte und entschied sich, doch höflich zu sein: »Ich bin Nyl.«

»Wie der Fluss?«

»Hoho – wie der Fluss!«, äffte sie nach, »das fragt wirklich jeder! Aber Sie haben recht. Wie der Fluss, nur mit Ypsilon. Nur damit Sie erst gar nicht danach fragen! Meine Haare gehen niemanden etwas an und nein, ich nehme das Kopftuch nie ab, nicht mal beim Schwimmen.«

»So so«, nickte Frau Habersak und wandte sich wieder dem Hengst zu: »Heikko, das ist Nyl mit Ypsilon.«

Das Pferd wippte mit dem mächtigen Kopf zur Begrüßung. Nyl schmunzelte, obwohl sie sich fest vorgenommen hatte, noch eine Zeitlang zu schmollen.

»Warst du oben bei der Burg?«, fragte sie.

»Ja, mit der Schulklasse. Ich war bei den Katakomben ...«

Doch Frau Habersak hörte ihr nicht zu. Sie war auf etwas anderes konzentriert. »Sag mal Nyl, trägst du immer einen Fisch mit dir herum?«, fragte sie ganz beiläufig.

Das Mädchen verstand erst nicht, was sie meinte. Doch dann bemerkte sie das nach Luft schnappende Fischlein, das sich im Gummizug ihrer Unterhose verfangen hatte. Besorgt blickte sie sich um. Außer dem Teich war nichts in der Nähe, was im Entferntesten mit Wasser zu tun hatte. Vorsichtig griff sie das Fischlein und entließ es in den Teich. Dabei verfinsterte sich ihr Gesicht: »Das Wasser ist viel zu warm für die Fische. Sie brauchen Hilfe.«

Frau Habersak zog langsam die Augenbrauen hoch und wandte den Kopf in die gleißende Sonne. »Hau mir ab ... Frau Habersak. Dagegen sollten wir etwas tun, Nyl. Ich habe da auch schon eine Idee! Ab ins Dorf!«

Der gertenschlanke Dorfmetzger Herr Fleischzart stand mit offenem Mund hinter seiner Fleischtheke. Nyl fand den Mann merkwürdig, nicht nur weil er der Zwillingsbruder ihres Sportlehrers hätte sein können. In der Stadt, in der sie lebte, waren Metzger dicker und trugen blutverschmierte Schürzen. Der vor ihr dagegen hatte eine schneeweiße Kappe auf dem strohblonden Haar und trug einen weißblitzenden, eng am Körper anliegenden Trainingsanzug mit ganz ohne Dreck und Schmutz.

»Keine Wurst? Aufschnitt haben wir im Angebot! Oder Fleisch?«, fragte der Metzger verunsichert.

»Danke nein, guter Herr Fleischzart. Nyl mit Ypsilon und ich sind in Eile!«, erwiderte Frau Habersak bestimmt.

»Vielleicht ein Schweineschnitzelchen oder ein langzärtlich abgehangenes Keulchen?«, gab Fleischzart nicht auf.

»Heute nur gut durchgefrorene Eisstücke, nicht zu klein gebrochen, ja?! Eile ist geboten«, antwortete Frau Habersak schnell.

Dann nahm sie Nyl an der Hand.

»Halt!«, schrie da der Metzger. Er beugte sich über die Theke und hielt eine Scheibe Wurst unter die Nase des Mädchens.

»Aber wir haben nichts eingekauft«, wunderte sich Nyl. »Gibt's das nicht als Draufgabe?«

Metzger Fleischzart schüttelte den Kopf. »Hier in Habersak bekommt jedes Kind eine Aufmerksamkeit zum Schnabulieren. Das ist bei uns so«, erklärte er und fügte beruhigend hinzu: »Ist auch kein Schweinefleisch.«

Nyl freute sich, nicht erklären zu müssen, kein Schweinefleisch essen zu dürfen. Sie riss den Mund weit auf. Der Metzger verdrehte vor Freude die Augen und legte ihr die Scheibe auf die Zunge. Nyl schmeckte die viele Liebe, mit der die Wurst gemacht wurde.

Kurz davor, die Fassung zu verlieren, wartete Frau Habersak ungeduldig, bis Nyl heruntergeschluckt hatte. »Komm, wir müssen weiter!«

Nyl schaffte es gerade noch, Metzger Fleischzart freundlich zuzunicken, bevor sie von der schrulligen Frau an der Hand nach draußen gezogen wurde.

»Wohin wollen Sie denn?«, fragte Nyl auf der Dorfstraße misstrauisch. »Und ist es wahr, dass das Dorf Habersak heißt? So wie Sie?«

Doch Frau Habersaks Tatendrang war nicht zu bremsen. Zeit zum Plausch sei nicht angebracht, meinte sie, und zerrte Nyl weiter die mit Bäumen bepflanzte Straße entlang. Allerdings waren diese nicht am Rand der Straße. Sondern mitten darauf.

Der sicher über zwei Meter große Eisverkäufer Herr Kellenschwinger hinter der Verkaufsvitrine war entzückt, Frau Habersak zu sehen. In ganz Habersak war er berühmt für seine ausgeklügelten Eiskreationen. Vanille-Honig zum Beispiel oder sein allseits beliebtes Orange-Himbeere, das schildkrötenlangsam auf der Zunge schmolz. Auch wenn Nyl die Rettung der Fische Sorgen bereitete, freute sie sich auf eine Kugel Eis in der prallen Hitze. Schnell griff der Eisverkäufer zu seinem Arbeitsgerät, der Eiskelle, und begrüßte die beiden Kundinnen wortreich.

»Frau Habersak, wie herrlich, Sie zu sehen! Heiß heute, nicht wahr? Für Sie wie immer eine Kugel ›geschlagene Banane-Salbei‹ mit einem Miniberg Sahne, nehme ich doch an? Und für die junge Dame? Welche meiner schön kalten Köstlichkeiten darf ich dir geben?«, fragte er und öffnete dabei den Mund, um Nyl mit einem Lächeln zu erfreuen.

Doch der giraffenlange Mann hatte keine Zähne im Mund. Keinen einzigen! Nyl brachte vor lauter Staunen kein Wort heraus.

»Stopp! Guter Herr Kellenschwinger, heute kein Eis! Wir haben keine Zeit zu verlieren. Ihr Eiswagen hat eine Kühlung, nicht wahr?«, klärte Frau Habersak mit knappen Worten die Situation.

Kellenschwingers Lächeln fiel in sich zusammen. Niedergeschlagen fragte er mit zahnlos geöffnetem Mund: »Kein Eis?«

»Heute kein Eis«, erwiderte Frau Habersak mitleidslos und blickte zu Nyl, in deren Mund das Wasser zusammenlief.

Die Eissorten sahen so lecker aus und hatten so tolle Namen! Gerne hätte sie eine Kugel gehabt. Doch sie unterdrückte ihr Verlangen und folgte der Anweisung, um Frau Habersak nicht zu verärgern: »Danke, kein Eis.«

Schon im selben Moment bereute sie ihre Entscheidung. Mit elendtraurigen Augen blickte sie der Eisverkäufer an. Sie zupfte an ihrem Kopftuch und erwiderte Frau Habersaks befehlerischen Blick. Nach einer Weile verzog sie ihr Gesicht zu einem Fragezeichen, in dem sie Mund und Augenbrauen in eine entsprechende Stellung einrasten ließ. Nyl wunderte sich ein wenig, dann schenkte sie dem traurigen Eismann ein breites Lächeln: »Ah was! Bei der Hitze geht das doch ohne Eis nicht. Ich nehme eine Kugel ›geriebenes Joghurt-rote-Gummibärchen‹ und eine Kugel ›geschüttelte Schokolade-gelbe-Zuckerwatte‹.

Entzückt über die unerwartete Wendung, schwang Kellenschwinger kunstvoll seine Kelle und beförderte wie ein Zirkusartist das Eis in eine grün gepunktete Waffel. »Den Teig für die Waffel versetze ich mit Kräutern unserer Blumenwiese. Das ist gesund und schmeckt gut!«, erklärte er stolz. Frau Habersak wartete mit nach oben gezogenen Augenbrauen, bis Nyl ihr Eis überreicht bekam und aus der Seitentasche ihres Rucksacks Geld holen wollte.

»Ah was«, meinte der Eismann glücklich. »Ich habe eh nichts zum Herausgeben.«

Nyl zuckte mit den Schultern und steckte die Münzen zurück. Sie schleckte an dem köstlich duftenden Eis. Es zerfloss im Mund und schmeckte himmlisch. Als sie Frau Habersak die Eistüte zum Probieren anbot, bekam sie eine eingeschnappte Bemerkung: »Danke nein, keine Zeit. Einer muss sich ja um die armen Fische kümmern!«

Eine Weile später kämpften sich Frau Habersak und Nyl über die Blumenwiese zurück zum Teich. Die Blüten glänzten und reflektierten die Sonnenstrahlen wie Mosaiksteine. *Es glitzert überall, wie am Meer in der Türkei bei der Oma,* dachte Nyl. Sie zogen den Eiswagen, der randvoll mit zerbrochenen Eisblöcken aus dem Kühlraum von Herrn Fleischzarts Metzgerei gefüllt war.

Mitten auf der Blumenwiese hielt Frau Habersak plötzlich an. Sie rieb sich das hervorstehende Kinn. »Ist dir nicht zu heiß unter dem Kopftuch?«

»Nein«, meinte Nyl und strich mit dem Handrücken den Schweiß von der Stirn. »Ist wie Ihr Strohhut.«

»Ungewöhnlich, dass ein Mädchen Kopftuch trägt.«

»Nicht dort, wo meine Eltern herkommen«, erklärte Nyl.

»Eine treffende Antwort. Wer hat dir die beigebracht?«

Nyl fühlte sich ertappt. Frau Habersak hatte recht. »Frau Dutzelhopper.«

Frau Habersak verkniff sich ein Lachen. So einen nett lustigen Namen hatte sie lange nicht mehr gehört. »Frau Dutzelhopper?«, wiederholte sie mit piepsiger Stimme.

»Meine Klassenlehrerin aus der alten Schule. Da war das mit dem Kopftuch kein Problem mehr. In der neuen Klasse ist es wieder losgegangen«, erzählte sie und richtete das Tuch. Es war schon arg heiß darunter.

»Du bist ein ganz patentes Mädchen«, bescheinigte Frau Habersak ihr. »Komm, genug geschwatzt! Wir haben es nicht mehr weit.«

Heikko, den Frau Habersak nicht dazu bewegen konnte, den Eiswagen zu ziehen, litt auch unter der Hitze. Er war vorgetrabt und erwartete die beiden im Schatten des mächtigen Baumes. Nyl musterte den vielarmigen Wächter und fragte sich, wie sie ihn beim ersten Mal übersehen hatte können. In der Baumkrone entdeckte sie etwas, was ihr bekannt vorkam. Sie rieb sich die Augen und konzentrierte sich. Wenn sie den Kopf neigte, sah sie in der Baumkrone Kräne. Oder waren das auch Äste? Nyl kam mit ihrer Untersuchung nicht weit. Sie hatten den Teich erreicht, was Frau Habersak mit überschwänglichem Jubelschrei kundtat. »Da werden sich die Fische freuen!«

Nyl zuckte nur mit den Schultern. Ganz sicher war sie sich nämlich nicht, ob mit der Habersak'schen Idee die Fische gerettet werden würden. Dennoch packte sie mit an. Voller Elan warf sie Metzger Fleischzarts Eisbrocken in den Teich, bis kein Stück mehr übrig war. Um die Stelle, wo das Eis in das Wasser plumpste, sammelten sich sogleich eine Menge Fische.

»Siehst du! Funktioniert!«, frohlockte Frau Habersak und fügte resolut hinzu: »Jetzt aber zurück in den Schrebergarten. Um zwölf hat die Wassersuppe auf dem Tisch zu stehen! Was werden die Dorfschüler sonst von mir denken! Schön, dass wir uns getroffen haben!«

Mit ausgestreckter Hand wollte sie von Nyl Abschied nehmen. Doch das Mädchen war weg – bis auf ihre Kleider am Boden. »Die hat aber auch einen Dickkopf«, empörte sich Frau Habersak halb verärgert, halb beeindruckt. Nach einer viertel Ewigkeit tauchte Nyl aus dem Wasser hoch. Sie riss die Augen auf und japste nach Luft. »Mehr Eis! Ich weiß schon!«, half ihr Frau Habersak auf die Sprünge. Nyl rang nach Luft und versuchte zu sprechen. Doch gegen Frau Habersaks Wortgewalt kam das Mädchen einfach nicht an: »Hol du mal ordentlich Luft! Ich verstehe schon, was du sagen willst! Wir besorgen mehr Eis! Ich weiß auch wie!«

Verärgert verzog Nyl das Gesicht und fragte sich, wofür Frau Habersak überhaupt zwei Ohren hatte.

Ein Klitzeweilchen später stand Nyl mit Frau Habersak vor der Grundschule des Dorfes. Das Schulgebäude hatte, wie Nyl unschwer erkannte, Gemeinsamkeiten mit ihrer neuen Schule. Heikko lag im Schatten unter dem Vordach der Schwimmhalle neben der Dorfschule. Er benutzte Nyls Rucksack als Kopfkissen. Nyl schaute nun nachdenklich zu Frau Habersak, die mit tiefem Seufzen die Kirchturmuhr fixierte. Der Minutenzeiger stand knapp vor elf Uhr. Frau Habersak holte Luft und hielt sich die Ohren zu. Dabei gab sie Nyl Zeichen, ihrem Beispiel zu folgen. Da Nyl nicht einsah, jeden Unsinn mitmachen zu müssen, schüttelte sie den Kopf – nein danke. Pünktlich auf die millionstel Sekunde läutete die Kirchenglocke. Erst war eine helle Glocke zu hören. Vier Mal für die volle Stunde. Laut wie der Klang eines planetengroßen Himmelsxylophons. Danach ertönte ein tieferer Ton. Elf Mal kurz hintereinander. Lauter als ein Jahrtausendgewitterdonnern. Es brummte und schepperte in Nyls

Ohren. Schnell schob sie nun doch die Zeigefinger in die Ohren und hielt den Atem an. Nach dem dritten Lautläuten sprang die Doppeltür des Schulgebäudes auf: Zweiundvierzig Schulkinder mit Ohrenschützern stürmten schreiend aus der Schule – hitzefrei!

Kaum war der letzte Glockenschlag verklungen, rissen die Kinder die Ohrenschützer herunter. Den Moment passte Frau Habersak ab und schrie: »Kinder! Wartet! Stopp!«

Die Schüler blieben stehen und entdeckten das fremde Mädchen. Nervös zupfte Nyl an ihrem Kopftuch und rückte ein Stück näher an Frau Habersak.

»Liebe Dorfkinder! Das ist Nyl mit Ypsilon. Ein Mädchen aus der Stadt. Sie war mit ihrer Schulklasse oben bei der Burg.«

Eine Pause folgte. Die Neuigkeit, jemanden von der Burg zu Besuch zu haben, wollte in Form überraschender Laute quittiert werden.

»Warst du wirklich auf der Burg?«, fragte Yarok. Er war der kleinste der Dorfschüler, ein schmächtiger Junge mit einem Kopf, der wie ein Fußball aussah.

»Nicht jetzt, Yarok!«, grätschte Frau Habersak dazwischen. »Abends denken wir an die Burg! Vorher nicht.«

Yarok gab klein bei. Frau Habersak zu widersprechen war in Habersak keine gute Idee.

»Wo war ich?«, fragte Frau Habersak sich selbst. »Ah ja! Wundert euch nicht über das Kopftuch. Nyl trägt es immer.« Nach der knappen Erklärung kam sie zu ihrem eigentlichen Anliegen: »Hört gut zu. Nyl hat herausgefunden, dass der Fischteich auf unserer Blumenwiese zu warm ist. Wir brauchen eure Hilfe, um die Fische zu retten!«

Erschrocken hingen die Schulkinder an Frau Habersaks Lippen, die sich wie zwei hoppelnde Gedankenstriche bewegten.

»Macht euch keine Sorgen! Ich habe nämlich eine großartige Idee!«, sprach sie beruhigend weiter, wurde aber zu ihrem Entsetzten von Nyl in die Seite gestupst.

»Frau Habersak, ich weiß ja nicht, welche neue Idee Sie haben. Ehrlich gesagt, ich fand die letzte mit den Eisbrocken nicht besonders gut.«

Auf die Bemerkung hin veränderte sich Frau Habersaks Gesicht zu einem doppelten Ausrufezeichen. Die Kinder hielten den Atem an. Keines von ihnen hätte gewagt, eine von Frau Habersaks Ideen, für die sie im Dorf berühmt war, zu hinterfragen.

Unbeeindruckt machte Nyl mit fester Stimme weiter: »Übrigens! Sie haben mich am Teich nicht ausreden lassen. Sonst wüssten Sie, dass das Wasser nicht nur zu warm ist. Der Teich ist voll mit Schlingpflanzen, Schlamm, Grünzeug und Algen. Die Fische können kaum atmen. Sie sterben!«

Eine mit weit geöffnetem Mund nach Luft schnappende Frau Habersak traute ihren Ohren nicht! Wie konnte das fremde Mädchen wagen, Ideen einer Frau Habersak nicht gut zu heißen! Während sie tief, ganz tief, Luft holte, um ihren Unmut in Worte zu fassen, wandte sich Nyl an die Schulkinder. Gebannt warteten diese darauf, was das Mädchen zu sagen hatte.

»Alle zusammen können wir es schaffen! Schaut mal hinter euch!«

Sie deutete auf die Schwimmhalle neben dem Schulgebäude. Hengst Heikko, der nach wie vor im Schatten döste, reckte den Kopf und wieherte, als würde er sich fragen, was alle von ihm wollen. Wie die Schulkinder überlegte Frau Habersak, was das Mädchen meinte. Nach und nach blitzten in den zweiundvierzig Augenpaaren der Schulkinder Erstaunen und Respekt vor Nyls ungeheuerlicher Idee auf. Die Kinder verstanden – im Gegensatz zu Frau Habersak – wie sie die Fische retten konnten. Eines begann zu applaudieren. Weitere folgten, bis schließlich alle klatschten. Ungewöhnlich lange wartete Frau Habersak bis sie wieder das Wort ergriff. »Hau mir ab … Frau Habersak! Genug geklatscht! Ich will endlich wissen, was Nyl ausgeheckt hat!«

Allmählich war es Nyl leid, sich andauernd wundern zu müssen. So nahm sie hin, dass Schulhausmeister Machichweg den gleichen dicken Bauch und die gleichen abstehenden Ohren wie der Busfahrer ihrer Klassenfahrt hatte. Das Besondere an Herrn Machichweg war, dass er sich pausenlos darüber freute, Schulhausmeister in der Dorfschule zu sein. Niemand störte sich an der Arbeitskleidung, die er trug, weil das sein Vater schon vor ihm getan hatte. Ein Herr Machichweg ohne seinen Schottenrock war in Habersak eine unmögliche Vorstellung. Und genau darin lag das Problem, als Frau Habersak und Nyl mit den zweiundvierzig Schulkindern an seiner Haustür klingelten. Die Peinlichkeit war ihm ins Gesicht geschrieben. Er bot einfach nicht die Erscheinung einer Respektsperson, die er für die Kinder darstellen wollte.

»Notfall!«, eröffnete Frau Habersak das einseitige Gespräch und mahnte die zweiundvierzig Kinder und Nyl zur Ruhe. Sie konnten ihr Erstaunen nicht unterdrücken – wie auch? Machichweg trug nicht wie üblich seinen Schottenrock, sondern einen schottenrockgemusterten Bademantel und obendrein pinkfarbene Omalockenwickler im Haar.

»Aber … aber … wir haben hitzefrei«, stotterte Machichweg verunsichert, »und mein Schottenrock ist in der Wäsche.«

»Von wegen hitzefrei, von wegen Schottenrock. Notfall! Anziehen! Ist heiß genug heute! Trocknet in Nullkomma bisschen was!«, befahl Frau Habersak auf ihre forsche Art. Sie drehte sich zu den Kindern und setzte an, etwas zu sagen, als ihr noch etwas einfiel. »Die Idee ist übrigens nicht von mir. Die junge Dame hatte den rettenden Einfall.« Sie deutet auf Nyl, die zum Gruß nickte.

Machichweg reichte ihr die Hand, beugte sich zu ihr und flüsterte: »Junge Dame, wovon spricht Frau Habersak?« Nyl erzählte von den Fischen im Teich und ihrer Idee. Da verstand Herr Machichweg, aus welchem Grund seine Dorfschüler zusammengekommen waren. Er löste den Gürtel seines schottenrockgemusterten Bademantels. Zum allseitigen Erstaunen trug er einen schottenrockgemusterten Ganzkörperbadeanzug darunter. »Das trifft sich gut! Ich wollte sowieso gerade eine Runde schwimmen gehen, bevor ich bei Dorfschmiedin Schmelzichweich meine Abdeckplatte abhole«, erklärte er hocherfreut.

»Nix zu Frau Schmelzichweich! Nix schwimmen! Fische retten!«, polterte Frau Habersak.

Wieder konnte Nyl in dem trüben Wasser des Dorfteiches kaum etwas sehen. Doch das machte nichts. Die Eiswürfel in ihrer Hand lockten die nach Hilfe blubbernden Fische an. Ohne Zögern schwammen sie in Nyls kühle Handflächen. Das kitzelte angenehm. Der Köcher, den Yarok mitgebracht hatte, war perfekt in Größe und Farbe. Er war tarnfarbengrün wie die Schlingpflanzen, die den Sauerstoff aus dem Teich saugten und damit den Fischen die Luft zum Atmen raubten.

Mit hochgekrempelten Beinkleidern stand Frau Habersak am Rand des Teiches und versorgte Nyl mit Eiswürfeln. Die Kinder hatten sie aus den Gefrierschränken geräumt und sie in Kühltaschen mitgebracht. Nyl reichte die im Köcher gesammelten Fische an Frau Habersak, die sie behutsam in Plastiktüten mit frischem Wasser beförderte. Sogar Heikko hatte sich bereit erklärt, mitzuhelfen! Er trug die schweren Wasserkanister. Zur Belohnung versprach Frau Habersak ihm ein Eis mit zehn Kugeln Karotte-Hafer.

Von Frau Habersak übernahm eines der Schulmädchen namens Bertrane den Fischbeutel und reichte ihn flugs an das Kind neben sich. Die zweiundvierzig Schüler hatten eine Kette gebildet. Sie ging über die Blumenwiese, vorbei an dem mächtigen Baum, reichte aber nicht bis zu ihrem Ziel. Rosalin, das letzte Mädchen in der Kette, überreichte Metzger Fleischzart und Eismann Kellenschwinger einen Fischbeutel nach dem anderen. Glücklich darüber, sich als Lebensretter fühlen zu können, transportierten sie die Teichfische im Eiswagen bis zur Schwimmhalle.

Dort hatte Schulhausmeister Machichweg im schottenrockgemusterten Ganzkörperbadeanzug seine Lockenwickler abgelegt und konnte sein Glück kaum fassen. *Wie schön,* begeisterte er sich, *ich bin Schulhausmeister in Habersak und kann obendrein Fische retten!* In Windeseile hatte er Nyls Idee umgesetzt. Er hatte Pflanzen, Steine und Fischfutter organisiert und das Schwimmbecken zu einem Aquarium umfunktioniert. Vorsichtig nahm er die nach und nach eintreffenden Fische entgegen und redete jedem einzelnen gut zu, bevor er sie in das klare Wasser entließ.

Nachdem Nyl den letzten Fisch überreicht hatte, gab Frau Habersak das Zeichen, die Rettungskette aufzulösen. Prompt eilten die Schulkinder zur Schwimmhalle, nicht ohne vor Begeisterung aufzuschreien. Sie wollten schnell ihr Werk bewundern. Frau Habersak reichte Nyl die Hand, um ihr aus dem Teich zu helfen. Noch bevor die beiden miteinander reden konnten, steckte Frau Habersak die Zeigefinger in die Ohren. Nyl zögerte nicht und tat es ihr gleich. Während das Zwölf-Uhr-Läuten über die Wiese donnerte, sahen sie sich in die Augen. Beide lächelten.

Als Ruhe eingekehrt war, kramte Frau Habersak eine Sonnenbrille aus der Latzhose. Das Gestell war lilafarben. Nyl traute ihren Augen nicht. In ihren Händen hielt Frau Habersak die Sonnenbrille, die Mark ihr weggenommen hatte, weil sie ihre Haare nicht hatte zeigen wollen.

»Wie sind Sie an meine Sonnenbrille gekommen?«

Frau Habersak dachte nicht daran, auf ihre Frage einzugehen. Sie hatte sich eine Rede zurechtgelegt. »Du bist hier nicht zu Hause, du hast mit anderen Augen gesehen und anderen Ohren gehört, was bei uns los ist. Ohne dich wären unsere Teichfische verendet. Wir Habersaker haben unseren Dorfteich sträflich vernachlässigt und müssen was unternehmen.«

Nach der Rede überreichte sie mit feierlicher Geste die Sonnenbrille. »Dafür, dass du den Hilferuf der Fische ernstgenommen hast«, erklärte sie mit einem Kloß im Hals.

Nyl schluckte ebenfalls. Was jetzt kam, fiel ihr schwer. Erst vor kurzem hatte sie sich von ihren Mitschülern aus der alten Schule verabschiedet, weil sie umgezogen waren. Und jetzt war es wieder an der Zeit, Lebewohl zu sagen. Sie strich Hengst Heikko über den Hals und reichte Frau Habersak die Hand. »Frau Habersak, ich würde gerne wissen ...«

Nyl wollte erfahren, warum das Dorf Frau Habersaks Namen trug und was es mit dem Legowald und dem mächtigen Baum auf sich hatte. Doch auch dieses Mal kam Nyl nicht zum Ausreden. Frau Habersak war längst wieder in ihrem Element und fuhr ihr ins Wort. »Wie du zur Burg kommst? Zu deiner Klasse?«

Nyl schaute sie verwundert an, obwohl sie sich nicht mehr

wundern wollte. »Ja, wenn das geht?«

»Nichts einfacher als das. Nimm denselben Weg, wie du hergekommen bist, Nyl mit Ypsilon«, gab sie als Wegbeschreibung an. Sie haute sich auf die Oberschenkel. »Hau mir ab ... Frau Habersak. Ich muss mich sputen! In der ganzen Aufregung habe ich glatt die Wassersuppe für die Kinder vergessen! Mach's gut, mein Kind!«

Schon gab Frau Habersak mit nackten Fußballen Heikko die Sporen und galoppierte über die Wiese.

Urplötzlich war Nyl allein. Sie blinzelte gegen die blendende Sonne und war froh darüber, die Sonnenbrille aufsetzen zu können. Vor ihr lag der sonderbare Wald, durch den sie gekommen war. Sie hielt darauf zu und durchquerte die ersten Baumreihen. Es schien wirklich einfach zu sein, den Weg zurück zu finden. Die Bäume standen in gleichen Abständen nebeneinander. Sie entschied sich für eine Reihe und ging an ihr entlang, immer geradeaus. Je weiter sie in den Wald drang, desto dunkler wurde es um sie. Sie hatte das Gefühl, dass sie in das schwärzeste Schwarz ihres Lebens eintauchte. Sie ging und ging. Doch die Burg derer von Hattersberg erschien zwischen den Baumstämmen nicht. Nyl unterdrückte ihre Angst und setzte den Weg fort, bis sie ahnte, dass irgendetwas nicht stimmte – sie hatte sich verirrt.

Gleich nachdem Nyl den Legowald betreten hatte, tauchte Mark in dem Mauerloch auf. Mit besorgter Miene hielt er nach Nyl Ausschau und krachte mit dem Kopf gegen das Mauerwerk. Wie weh das tat! Der Schmerz fuhr ihm bis in die Füße. *Gibt eine Beule,* dachte er. Er rieb die Stelle und blickte umher. Die Burgmauer in seinem Rücken strahlte Wärme ab. Ungewöhnlich grell schien die Sonne an diesem Tag. Kein Mensch war zu sehen.

»Nyl!«, schrie er. »Wo bist du?«

Sie hat einen Vorsprung, aber weit konnte sie nicht sein, überlegte er. Wie Nyl zuvor entdeckte er das Schild, das an einem Ast hing. Der Wind pendelte es hin und her. Ein merkwürdiger Spruch war darauf zu lesen: »Durchgang auf höchst eigenen Wunsch«.

Geht's hier zum Wildgehege?, fragte er sich. Mit zusammengezwickten Augen erspähte er etwas, das sich zwischen den Bäumen bewegte. Etwas Blaues mit weißen Tupfern. Das musste Nyls Kopftuch sein. Er vergewisserte sich nach der Sonnenbrille in der Tasche und folgte der Neuen aus der Klasse.

Wie seine Mitschülerin bahnte er sich den Weg durch die dichter werdenden Baumreihen. Seine Gedanken kreisten um Nyl. Er hatte wohl einen Fehler gemacht. Er beschloss, sich bei ihr zu entschuldigen. Vor den anderen aus der Klasse etwas zu sagen wäre ihm zu peinlich gewesen. Aber wenn niemand zusah, würde er ihr die Sonnenbrille zurückgeben und sie fragen, ob sie mit ihm nach dem Ausflug zum Skaterpark kommt. Er überlegte, welche Tricks er ihr vorführen würde, wenn er sein Skateboard zurückhatte, als das Kopftuch hinter einem Baum verschwand.

»Nyl!«, rief er. »Warte! Lass uns zusammen weitergehen.«

Er lauschte. Keine Antwort. *Klar hat sie keine Lust, dich zu sehen,* ärgerte er sich. Er eilte weiter, huschte durch die Baumreihen, als hätte er ein Skateboard unter den Füßen. Beim Durchwandern des Waldes merkte er nicht, dass jeder Baumstamm gleich dick und gleich lang und der Abstand dazwischen gleich war. Die Stämme ragten ohne Krümmung in den Himmel, die Äste wuchsen wie Stangen im Neunzig-Grad-Winkel aus dem Holz. Seine Gedanken waren bei Nyl. Er nahm sich vor, was richtig Nettes zu ihr zu sagen. Nur was? Ihm würde schon etwas einfallen, machte er sich selbst Mut. Nur durfte das auf keinen Fall etwas mit ihren Haaren zu tun haben, die sie unter dem Kopftuch wie ein Geheimnis hütete.

Wie viel oder wie wenig Zeit verging, war Mark nicht bewusst. Er ging und ging. Einen Schritt nach dem anderen, bis er den Rand des Waldes erreichte. Statt des Wildgeheges, wo die Mitschüler Pause machen sollten, erwartete ihn eine Blumenwiese.

Mit schmerzendem Kopf trat er aus dem Wald. Sofort spürte er, wie der Hoodie an seinem Leib nass wurde. Es regnete in Strömen. Er richtete den Blick in den Himmel und verstand die Welt nicht mehr. Solche Wolken kannte er nicht. Sie waren rechteckig und pendelten hin und her, als hingen sie an einem Mobile.

Wilinor sorgte für Wind und Wetter. Sie blies aus zweiundvierzigtausend Orgelpfeifen die letzten Blätter vom mächtigen Baum und zerkahlte mit Miniwirbelstürmen standhaft gebliebene Blüten von der Blumenwiese. Das Wasser im Teich, aus dem Nyl und die Dorfschulkinder die Fische gerettet hatten, spritzte Fontänenwellen über die Rosensträucher am Ufer. So unerwartet wie plötzlich tobte sich Wilinor nach Herzenslust aus. Wild und ungestüm sorgte sie für ein Sommergewitter über Habersak. Hitze und Trockenheit, die der Natur zugesetzt hatten, jagte sie davon.

Mark verfolgte weiter im stürmischen Regen die eckigen Wolken. Sie fetzten über den Himmel, als machten sie ein Wettrennen. Er wollte zur Burg zurück und der Lehrerin von dem merkwürdigen Ort erzählen. Doch er blieb erstaunt und erschrocken stehen. Der Regen prasselte nieder. Trotzdem sah er den Wald, der gerade mal vier Schritte breit war. Eckig wie die Wolken über ihn. Zu unheimlich war ihm die Vorstellung, durch ihn zurückzulaufen. Als er sich zur Blumenwiese zurückdrehte, stand dort der mächtige Baum. Mit offenem Mund bestaunte er den vielarmigen Wächter. Die Regentropfen peitschten und piesackten ihn. Gesicht und Hände brannten von den Treffern der wässrigen Munition. Er rannte los und rettete sich vor der Regensalve unter den Ästen des riesenhaften Baumes.

Sonderbar nah am Baum, an dem Mark Schutz vor dem Unwetter suchte, stand Frau Habersaks Scheune. Auch sie beobachtete Wilinors Wind und Wetter Wildgetue. Blitz und Donner an einem Freitag! Wann gab's das schon mal? Wilinors protziges Gehabe und Getue ärgerten sie. Als wäre das nicht genug, rührte Heikko den Snack, den sie auf dem Feld für ihn geerntet hatte, nicht an.

»Hau mir ab ... Frau Habersak!«, flüsterte sie. »Wahrscheinlich ist ihm das Stroh nicht gelb genug.«

Heikko wieherte.

Sie ließ die Pupillen über ein Bündel hüpfen. »Du hast recht! Das ist wirklich kein sauberer Strohjahrgang. War aber auch ein teichleerheißmachender Sommer und jetzt macht uns Wilinor ausgerechnet an einem Freitag das Leben schwer! Am Vormittag hitzefrei. Nachmittag Regenunwetterdings!«

Heikko gluckste unbeteiligt und verfrachtete seinen tonnenschweren Körper auf die strohig gemütliche Lagerstatt. Das Tier war kein Freund des Himmelsekrets, das ins Tal herabfiel.

Frau Habersak hatte keine Zeit, sich mit Befindlichkeiten ihres Pferdes abzugeben. Sollte es herrschaftlich liegen bleiben, wo es war, entschied sie. Sie selbst fühlte in sich die Uhr ticken. Entschlossen nahm sie die wirbelnden Füße in die Hand, wich ziemlich vielen Regentropfen aus und huschte in ihr Schreberhäuschen.

Auf dem Herd brodelte die Suppe in einem großen Trog. Frau Habersak roch daran und war unzufrieden über den Geschmack.

»Nun komm, trau dich«, munterte sie das Tränchen in ihrem Augenwinkel auf. Ungelenk wie ein neugeborenes Fohlen kraxelte es über das Habersak'sche Lid. Mit Schwung glitt es sodann im Slalom um die abervielen Sommersprossen die Wange entlang und bremste unvermittelt ab. Frau Habersak verharrte regungslos am Herd. »Was ist? Husch, husch!«

Nur ein wenig und ganz zart bewegte sie den Kopf, um dem Tränchen, das sich im Grübchen ihres Kinnes festkrallte, den Sprung in die brodelnde Suppe zu erleichtern. Und siehe da. Es fasste allen Mut zusammen und flitztrutschte Frau Habersaks leicht behaarte Kinnpartie entlang. In der Luft, hochgetrieben vom dampfenden Wasser, vollführte das Tränchen einen Bestnotensalto und landete im Topf. Kopf voran versteht sich.

»Ich bräuchte mehr von deiner Sorte! Was für ein artistisches Tränchen du bist«, lobte Frau Habersak es und rührte mit dem Schöpfer die Suppe um. Einen Moment danach spitzte sie die Ohren. Sie hörte ein Schluchzen. Wer das wohl war? Wessen Stimme wand sich fremdfrech durch ihren Gehörgang?

Die durch Frau Habersaks Ohrgang schlitternde Stimme gehörte Mark. Sein igelstruppeliger Haarschnitt trotzte Wilinors Blasattacken. Er lehnte am Baumstamm. Beine angezogen und Arme darüber geschnallt. Furchtschlimme Brummschmerzen setzten ihm zu. Er ertastete die eiigste Beule, die je einen Jungenkopf geziert hat. Er dachte an das Mauerwerk, an das er geknallt war. Und an Nyl, die schuld daran war, dass er hier gelandet war. Vorsichtig legte er den brummauaigen Kopf in den Nacken. Wie ein löchriges Zeltdach wankte die Baumkrone hoch über ihm.

»Mist«, stammelte er. »Was ist passiert? Wo bin ich?«

Mark war es gewohnt, turnschuhflink mit seinem Skateboard Flitzsky durch Straßen und Gassen zu skaten, über Trambahnschienen zu hüpfen, Autos und Fahrrädern auszuweichen. Doch Flitzsky war nicht bei ihm, er hatte sein Skateboard für immer verloren, weil er eine schlimme Dummheit begangen hatte.

Es war blöd gelaufen an dem heutigen Morgen, blöder als blöd.

Das schlimme Ende nahm seinen Anfang, weil er sich für Flitzsky keine Ersatzteile leisten konnte. Die Gelegenheit war – wie er fest glaubte – ein Wink des Schicksals gewesen. Aus dem Kaufhausregal lächelten ihn Lenkgummis an. Genau das Modell, das er dringend brauchte, um wieder elegant Kurven zu fahren und vernünftig zu bremsen. Eigentlich hatte er vor, in dem Kaufhaus etwas zu trinken und Chips zu kaufen. Sein Vater hatte ihm Geld für den Schulausflug mitgegeben. Wäre sein alter Herr einkaufen gegangen, wie er versprochen hatte, hätte Mark das Kaufhaus gar nicht erst betreten. Und das Unglück mit dem Kaufhausdetektiv wäre nicht passiert.

In dem Dauerregen erinnerte er sich an das mulmige, aber gute Gefühl, wie er die Lenkgummis in die Hosentasche gesteckt und den Hoodie darüber gezogen hatte. *Ach,* seufzte er, *wäre ich nur nicht auf dem Skateboard zum Ausgang gefahren.* Hätte er auf zwei Beinen das Kaufhaus verlassen, wäre ihm das Kind nicht in den Weg gelaufen und der Kaufhausdetektiv auf ihn aufmerksam geworden.

Vollkommen durchnässt dachte Mark daran, wie er dem Mann entwischt und aus dem Kaufhaus gelaufen war. Doch damit war die Geschichte nicht zu Ende. Er schniefte und schluchzte bei dem Gedanken, dass er Flitzsky zurücklassen musste. Auf der Unterseite des Brettes stand sein Name. Der Detektiv wusste, wer er war und wo er wohnte. Die Tränen flossen stärker als der Regen auf ihn niederfiel. Er stellte sich vor, wie Polizeibeamte seinen Vater befragten. Bestimmt schüttelte er ungläubig den Kopf, weil er nicht wahrhaben wollte, dass sein Sohn ein gesuchter

Kaufhausdieb war. Das traurigschmerzende Gefühl in Marks Innerem wandelte sich zu einer tiefschmerztraurigen Wut über sich selbst. Was hast du nur getan! Erst klaust du Lenkgummis, dann lässt du dich auf die dumme Wette ein und nimmst Nyl die Sonnenbrille weg. Wie aus Wasserschlauchkanonen schossen die Tränen über sein Gesicht.

Mit einem Mal sah er durch den Wasserschleier vor seinen Augen eine Gestalt. War das Nyl? Nein, das war jemand anderer. Vor ihm stand eine Frau mit blonden Zöpfen. Irgendwie alt, aber auch jung. Ein Regenschirm aus Laubblättern war auf ihrem Kopf befestigt. Statt Mitleid, das er als schluchzender Junge hätte erwarten dürfen, freute sie sich offenbar, ihn weinen zu sehen. Breitbeinig in Latzhosen schrie sie gegen den Sturm: »Du bist das, der weint! Das trifft sich gut.«

Gleich darauf zerrte sie Mark an der Hand mit sich.

»Hey, was soll das!«, beschwerte sich Mark.

Frau Habersaks zupackende Art war bekannt in dem Dorf, das nach ihr benannt war. Doch kein Habersaker hätte sich grelllaut beschwert wie Mark. Niemals! Der Junge aber wusste nichts über die Gepflogenheiten im Umgang mit der unumstrittenen Obersuperpersönlichkeit aus Habersak.

»Komm, ich brauch dich!«, sagte sie und berichtigte sich im nächsten Atemzug. »Nicht dich, um genau zu sein. Ehrlichkeit ist ja keine Zier! Wein weiter, ja! Schön weiter weinen! Nicht aufhören. Sind gleich da.«

12

Nach vierzehnhundertundzweiundvierzig Schritten betrat Mark an Frau Habersaks Hand die Küche ihres Häuschens. Außer Atem wollte er mit dem Handballen die Tränen aus dem Gesicht wischen.

»Untersteh dich!«, rief Frau Habersak ihn zur Vernunft und führte ihn zum Herd. »Tränchen in das Töpfchen«, wies sie ihn an und schmunzelte über den Reim, den sie für gelungen hielt.

»Äh?«, fragte Mark und zog Nasenschnodder hoch.

»Wie unhöflich, Junge ohne Namen. Bist wohl auf der Burg gewesen? Hast dich verlaufen?«

Mark nickte. Sein Gesicht erhellte sich. Er schöpfte Hoffnung, Nyl zu finden und mit ihr zur Burg oder zum Reisebus zu den anderen zu kommen. Vielleicht half ihm die jungalte Sonderbarfrau dabei?

Ein ultraanderes Gefühl regte sich bei Frau Habersak. Beim Anblick des traurigen Jungen fuhr ihr ein Fürchterschrecken durch jeden einzelnen ihrer zweihundertundsechs Knochen. Zunächst ärgerte sie sich, wie ihre Gedanken zu dem Mann in den Bergen wanderten, obwohl der Freitagabend nicht angebrochen war. *Husch, husch,* schimpfte sie sie. *Zurück ihr Gedanken ins Vorderläppchen, wo ihr hingehört. Keine Zeit für Gevatter Nomäd. Der ist am Abend dran, vorher hat er nichts bei uns zu suchen.*

Nicht alle, aber ausreichend viele ihrer Gedanken drehten sich wieder um die Suppe. *Oh nein!*, jammerte sie stummbesorgt. *Wenn die Suppe den Dorfschulkindern nicht schmeckt, wird der letztfreitagliche Fürchteabend eine Mühsal.* Mückenschnell überlegte sie, wie sie die drohende Katastrophe abwenden konnte und rückte dem Jungen mit einer Warnung auf die Pelle: »Besser du weinst weiter, sonst siehst du deinen Vater nie wieder!«

Frau Habersak war selbst überrascht über die Unfairschlimmdrohung. *Wie kommst du auf so Unliebes?* Sie fand eine Erklärung. *Schuld ist der Dämon aus den Bergen, den sie Gevatter Nomäd nennen,* schimpfschimpfte sie sich.

Mark trieb die Vorstellung, seinen Vater nie wiederzusehen und von ihm in den Arm genommen zu werden, horroreklige Bilder in den Kopf. Er wurde ganz verzweifelt. Prompt fluteten Tränen über Tränen über Gesicht und Wangen, als befände sich eine Batterie Wasserpistolen hinter seinen Augen.

»Gut so«, freute sich Frau Habersak über die gelungene Maßnahme. »Ohne Salz schmeckt die Weinsuppe nicht. Glaub mir, ich weiß, wovon ich spreche.«

So weinte Mark über dem Topf und beobachtete, wie eine Träne nach der anderen in der Suppe landete. Natürlich fragte er sich, in welche Sache er geraten war, weil er Nyls Haare sehen wollte. Die Dame kam ihm nicht geheuer vor, auch wenn sie leibhaftig vor ihm stand. Das Schreberhäuschen, das von außen klein wie ein Puppenhaus wirkte, war im Inneren riesig wie der Audienzsaal auf der Burg. Wie konnte das sein?

Unberührt von der Trauer ihres Gastes, kostete Frau Habersak die Suppe und war zufrieden mit Geschmack und Konsistenz. »Das reicht, mein Junge.«

Mark war sich nicht sicher, was sie meinte und schluchzte: »Soll ich aufhören?«

»Ja, den Rest halt zurück. Wer weiß, wofür du deine Tränchen noch brauchst«, erklärte sie zufrieden. »Meine eigenen Trauertränen sind bis zur Neige aufgebraucht. Ich danke dir.«

Fürsorglich holte sie aus der Brustvordertasche der Latzhose ein Schnäuztuch und reichte es ihm. Mark schüttelte den Kopf, aus Ekel über die Flecken auf dem Stofftaschentuch.

»Hat niemanden meiner Kleinen geschadet, wirst auch du überleben«, sagte sie und presste das Ekeltuch auf seine Nase. »Raus damit! Bis zum letzten Schnodderbröckelein.«

Notgedrungen schnäuzte Mark seine Nase frei. Als er wieder atmen konnte und mit dem Handballen sein Gesicht trockengewischt hatte, stand Frau Habersak nicht mehr neben ihm.

Statt ihr befand sich ein Tier am Herd. Der dicke Fleischlappen, der aus dem Maul des Pferdes hing, erinnerte ihn an einen Sack Regenwürmer. Mark traute seinen Augen nicht, als der Hengst – kaum schmäler und kleiner als ein Elefant – mit der Zunge die

Suppe kostete und die Mundwinkel zu einem Passtlächeln verzog. Vom anschließenden Freudenwiehern erschrak Mark so sehr, dass er in Panik Reißaus nahm. Doch er kam nicht weit. Frau Habersak stand breitbeinig mit meterlangen Strohhalmen im Türrahmen des Schreberhäuschenpalastes.

»Ach, ist ja nett, dass du mir helfen willst«, sagte sie und drückte ihm die schlangengewundenen Strohhalme in die Hand. Mit Blick auf Hengst Heikko fügte sie hinzu: »Hast du dich ihm vorgestellt?«

Mark schüttelte verängstigt den Kopf.

»Nicht gut!«, sagte sie mahnend und schüttelte ihrerseits den Kopf bedenklich weit, als würde er ihr gleich abfallen. »Gar nicht gut.«

Als ihr Kopf wieder in der Senkrechten eingerenkt war, stülpte sie ein Tuch über ihre hellblonden Haare. Mark bemerkte die himmelblau gefärbten Nägel ihrer dünnen langen Finger. »Wie sehe ich aus? In Habersak tragen einige Kopftuch. Ist Mode, seit Nyl uns besucht hat. Ein zauberhaftes Mädchen. Ihr Vater ist Kranlenker. Vielleicht kennst du sie? Sie ist aus der Stadt und war auf der Burg, wie du.«

»Nyl? Klar«, sagte Mark. »Wir sind in einer Klasse. Wo ist sie? Wegen ihr bin ich durch den Wald gelaufen …«

Mit einem Grunzlachen, das dem Wiehern des Hengstes ähnelte, unterbrach Frau Habersak ihn. »Hast du denn einen Namen?«

Mark brannte eine ganz andere Frage auf dem Herzen. »Woher wissen Sie von meinem Vater?«

»Hat nicht jeder Junge einen Vater?«

»Ja, schon, ja. Und normalerweise auch eine Mutter …«, stammelte Mark.

»Normal? Was ist schon normal?«, unterbrach sie ihn und machte Platz, damit Heikko aus dem Häuschen trippeln konnte. »Frag die Dorfschulkinder! Die können dir sagen, was unnormal ist.«

Mit einem grießgelangweilten Augenaufschlag verließ der Hengst die Küche. Frau Habersak sah ihm besorgt nach. »Kümmere dich um ihn, er hat nach dem Vormittagsschlaf gerne Gesellschaft und hält viel von höflichen Umgangsformen. Keine schlechte Idee, wenn du dich ihm vorstellst. Ich mache den Suppentopf reisefertig. Husch, husch. Bald ist Essenszeit. Freitags hat alles immer sehr pünktlich zu sein.«

Wilinor hatte Regenhahn und Windgebläse abgedreht. Laue Luftbläschen wehten Marks Gesicht trocken. Er ging zum Hengst, der gerade die Vorderhufe aus dem Wassertrog zog und auf einem Fußabstreifer trocknete.

»Mein Name ist Mark«, machte er sich bemerkbar. »Und du? Hast du auch einen Namen?«

Mark wunderte sich, weil er trotz der Tränen sich ein Grinsen nicht verkneifen konnte. Er unterhielt sich allen Ernstes mit einem Pferd. Natürlich erwartete er keine Antwort. Dennoch erhielt er eine. Das Tier sprach mit megasonortiefer Stimme: »Heikko, so der bürgerliche Allerweltsname, den mir die alte Schachtel verpasst hat …«

Mit diesen Worten tauchte Frau Habersak am Hinterteil des

Hengstes auf und wackelte mit beiden Ohren. Sie grinste, weil sie Heikko ihre Stimme geliehen hatte. »Alte Schachtel darf mich nur Heikko nennen. Nenn mich Frau Habersak, wie alle in Habersak«, erklärte sie. »Also, Mark, vorwärts ins Dorf.«

»Und die Suppe?«

»Was bin ich schusselig heute! Diese Freitage rauben mir den Verstand. Das Wenige, was übriggeblieben ist. Geh und hol den Topf. Sei aber vorsichtig. Die Suppe ist heiß. Und ich habe auch schon eine Idee, damit das so bleibt.«

Mark ging in das Häuschen und kam mit dem Suppentopf zurück. Er blieb wie versteinert stehen und reckte den Kopf in die Höhe. Von einem Flugdrachen hatte die Frau nichts gesagt. Absegelbereit zappelte er achterkreisend über den leckerdampfenden Suppentopf.

13

Wilinor blies und blies. Der Suppentopf segelte am Flugdrachen über die Blumenwiese. Mark führte die Schnüre. Vorausschauend lenkte er ihn zur Seite, um einer Bö auszuweichen, gab Schnur und legte einen Zwischenspurt ein, weil die hungervertreibende Fracht zu kippen drohte. Frau Habersak hatte den Topf mit einer Daunendecke ummantelt, damit die zweiundvierzig Schlürfesser die Freitagssuppe nicht kalt vorgesetzt bekamen.

Die Farbenpracht war nach Wilinors Wetterdusche auf die Blumenwiese zurückgekehrt. Es glitzerte und glänzte überall. Frau Habersak schlenderte neben Heikko. Bei den wieder wärmer werdenden Temperaturen hatte sie keinen Gedanken daran verschwendet, ihn zu satteln. Er hätte sich geweigert, als Pferdetaxi herzuhalten. Froh gelaunt schritt er neben ihr und versuchte mit der Zunge seine herumwirbelnde Mähne zu fangen.

»Was stimmt mit dem Jungen nicht?«, fragte sie ihn, als das Dorf Habersak am Ende der Wiese auftauchte. »Warum hat es ihn zu uns verschlagen?«

Heikko schüttelte den Kopf und rollte mit den Augen. Frau Habersak dachte nach und glaubte zu verstehen, was er meinte. »Ja, so wird's wohl sein. Er ist kein böser Junge.«

Mark ließ den Drachen mit der Freitagssuppe weiter in Wilinors Windhosen tänzeln. Wie ein Dompteur zupfte und zog er an den Schnüren, und wich den Ästen des mächtigen Baumes aus.

»Bravo!«, rief Frau Habersak ihm zu. »Bist ja ein Windakrobat!«

Die glücklichen Augen des Jungen rührten sie für einen Moment. Gleich darauf – Wilinor übertrieb es, fand Frau Habersak – packte ein Aufwind den eingewickelten Suppentopf und katapultierte ihn nach oben.

»Oh nein!«, schrie Frau Habersak entsetzt. »Oh nein! Die gute Suppe!«

Typisch Frau Habersak! Sie sorgte sich um die Suppe, nicht um den Jungen, der in Lebensgefahr geriet. Mit der Wucht des Windes wurde Mark pfeilendsschnell gen Himmelsdach gezogen. Seine Finger krampften sich um die Drachenschnur. Mit aller Kraft versuchte er, die Kontrolle über den Drachen zu behalten. Während er Meter um Meter höher stieg, blickte er nach unten. Mit Flitzsky unter den Füßen schaffte er bis zu zwei Meter Höhe, bevor er mit einem Move auf sicherem Boden landete. Aber jetzt – inmitten eines Fahrstuhlnachobensogs – brachte er binnen Sekunden vielviele Meter zwischen sich und die Erde. Der Drachen wand sich hin und her. In Krawallstimmung machte Wilinor mit wütender Blaselust weiter und trieb Topf, Drachen und Mark höher und höher.

Frau Habersaks blasses Gesicht war inzwischen kreidebleich geworden. Auch wenn es um die Suppe schade war, war das Leben des Jungen wichtiger. Sie hielt den Atem an und sah zum Baum hoch.

Der Fahrstuhlsog führte Mark knapp an den Ästen vorbei. Sie piksten und stachen ihn. Er wich aus, zog die Knie an, krümmte den Oberkörper und riss den Hintern hoch, um den peitschigfiesen Hieben auszuweichen. Die merkwürdige Frau und das merkwürdige Tier wurden immer kleiner, bis er nichts als zwei Punkte auf der Wiese erkennen konnte. Auf Höhe der Baumkrone angekommen, kehrte plötzlich Stille ein. Eine lautschreiende Stille, von der er wusste, dass sie im Zentrum des Wirbelsturms herrschte, im Auge des Orkans. Seine Füße berührten die obersten Äste des Baumes, als er entschied, die Schnüre loszulassen. Mit einem Mal sackte er ab. Der Flugdrachen mit der Suppentopf entschwand in einer vorbeizischenden Eckwolke.

Mark ruderte mit den Armen und landete mit den Füßen voran im Astwerk. Bevor er Gefahr lief, in die Tiefe zu rutschen, schnappte er nach einem Ast. Als er sicheren Halt hatte, schluckte er die Angst herunter und atmete durch.

Rings um ihn war es dunkel, als wäre er in dem Wald, den er durchschritten hatte. Wie nach unten kommen? Wie von dem mounteverestig hohen Einbaumwald gelangen?

»Hier«, flüsterte eine Stimme. »Klettere hier entlang.«

Mark erschrak. Zwischen den Ästen war niemand. Die Blätter, die Wilinors Orkanwut überstanden hatten, wehten hin und her. Sie kauerten und rückten zusammen, bildeten die Form von

Lippen und bewegten sich zu den Worten: »Nicht nach unten sehen.«

Mark erkannte Frau Habersaks Stimme und wiederholte erleichtert: »Nicht nach unten sehen. Mach ich.«

Behutsam folgte er Frau Habersaks Anweisungen, die mit den Blättern des Baumes zu ihm sprach. Es dauerte eine Weile, bis er wieder festen Boden unter den Füßen hatte.

Auf der Blumenwiese erwartete ihn Frau Habersak und das Pferd. Beide waren erleichtert und froh über seine Rückkehr. Verschwitzt und überschwänglich, als hätte er gerade einen supergefährlichen Obermove mit heiler Haut überstanden, warf Mark sich um Frau Habersaks Hals.

Mit der Reaktion des Jungen hatte sie nicht gerechnet. Sie spürte, wie sich alle Haare ihres Körpers aufstellten. Sie mochte Kinder, insbesondere die zweiundvierzig aus der Dorfschule. Doch bislang hatte kein Kind sie je in den Arm genommen und gedrückt und geknuddelt. Der Junge, der sie gar nicht mehr loslassen wollte, war der erste, der sich das traute.

Frau Habersak räusperte sich verschämt. *Wer weiß*, befürchtete sie, *vielleicht kommt er auf die Idee, mir ein Küsschen zu geben? Womöglich auf die Wange?* »Genug, Junge, ist ja gut. Wir haben keine Zeit für derlei Gefühldingszeugs ... nun ja ... wir haben ein Problem«, erklärte sie verlegen.

»Ja«, schluckte Mark und löste die Umarmung. »Ich muss ganz dringend nach Hause, meinem Vater erzählen, dass ich ...«

»Weiß ich doch! Weiß ich doch! Aber die Freitagssuppe!«, reagierte Frau Habersak schroff. Sie interessierte sich nicht, was

Mark seinem Vater Dringendes erzählen wollte. Wichtiger war ihr, ihre wahren Gefühle nicht preiszugeben. Sie fühlte sich traurig und sehnte sich nach Tränen, die ihr Erleichterung verschafft hätten. Als Mark sie umarmte, dachte sie an den Mann, den sie über alles geliebt hatte. Es war langlange her, dass sie von ihm in den Arm genommen worden war. Schnell verscheuchte sie die Liebsehnsucht aus ihren Gedanken und besann sich auf ihre Aufgabe.

»Da fliegt der Suppentopf!«, schrie Mark und deutete in den Himmel.

Frau Habersak und Hengst Heikko reckten die Köpfe. Der Topf mit Flügeln aus Bettzeug flog flatternd Richtung Kirchturm. Frau Habersaks Gesicht verformte sich. Die Augen sprangen auf und ab, die Lippen dehnten sich wie ein Springgummi rauf und runter. Und die Nase – das war das Erstaunlichste, fand Mark – sprang vor Freude aus dem Gesicht, vor und zurück, als hätte sie eine Zirkusclownsmaske auf.

In Habersak herrschte andächtige Stille, als sich der Suppentopf dem Dorf näherte. Die alterslustigen Kirchturmzeiger fanden sich zusammen und freuten sich über das Wiedersehen zur vollen Stunde. Beim Donnerlärmgeläut chaosstürmten die Schüler aus allen Ecken Habersaks auf den Markplatz, wo der Suppentopf niedersegelte und sanft landete.

Es war der letzte Freitag des Monats. Ein für Habersak und die Habersaker außergewöhnlich gefährlicher Tag. Die Gefahr rührte von einer Prophezeiung, die Schlimmes besagte: Nach Sonnenuntergang an einem Letztfreitag drohte der Untergang der Gemeinschaft. Die Auslöschung. Das Ende. Zwar war bis zu diesem Freitag die Prophezeiung nicht eingetroffen, aber man wusste ja nie, wann das Ende eintraf, bevor es begann. Um trotzdem für gute Stimmung zu sorgen, hatte Frau Habersak die Habersak Freudenstunde ins Leben gerufen.

An jedem Letztfreitag stand Freitagssuppe auf dem Speiseplan, weil Frau Habersak sich aufs Suppenkochen und nichts anderes verstand. Dazu kredenzte die oberste Habersakerin eine Mut machende Heldengeschichte. Je nach Jahreszeit eine herbstspaßige, in der Heikko als verkleidete Kuh oder Wahrsager die Welt vor lebensverkürzenden Gewitterlagen rettete. Oder eine winterkühle Kaltgeschichte, bei der Heikko als genialer Schneeballkanonenbauer übellaunige Despoten in die Flucht schlug. Im Frühling überließ Frau Habersak die Freudenstunden Schulhausmeister Machichweg, der romantische Abenteuer aus fernen Ländern zum Besten gab. Meist spielte eine Frau, die Dorfschmiedin Schmelzichweich ähnlich sah, eine entscheidende Rolle. Im Sommer, wie an diesem Letztfreitag, erzählte Frau Habersak in der Regel eine Episode aus Heikkos Pferdeleben. Meist wurde er in der angeblich wahren Geschichte zu Unrecht zu einer lebenslangen Kerkerstrafe verurteilt, kämpfte sich den Weg aus der Zelle in die Freiheit, bewies auf schwer nachvollziehbare Weise seine Unschuld und kehrte als gefeierter Held nach Habersak zurück.

Die Kinder versammelten sich um den Topf am Brunnen des Marktplatzes und pflanzten die unterschiedlich langen, mit Nummern und Namen versehenen Strohhalme in die Weinsuppe. Zweiundvierzig Lippenpaare umschlossen das Esswerkzeug und begannen zu saugen. Sie erwarteten etwas Dünnwässriges ohne Einlagen wie Krabbelwürstchen oder Fischnudeln. Wenn sich überhaupt etwas in die Suppe verirrte, war es feinknackiges Gemüse. Die Gefahr war groß, die schwimmenden Kräuteranteile in den Magen zu röhrsaugen. Das Drumherumsuckeln bedurfte einiger Übung!

Doch was Frau Habersak am heutigen Freitag gekocht hatte, übertraf alles, was die Kinder an Suppenkunstwerken je vorgesetzt bekommen hatten. Einige unter ihnen vermuteten Kellenschwinger hinter der gelungenen Speise. Ob er bei der duftsalzigcremigen Kreation seine Finger im Spiel hatte? In Erwartung einer Heikko-Heldengeschichte schlürften allesamt im Chor.

Zufrieden lächelnd stellte sich Frau Habersak zu den Kindern. »Na, schmeckt's den kleinen Habersakern?«

Das Schweignicken der seligen Schar ließ Frau Habersaks Herz höherschlagen. Sie flüsterte Bertrane ins Ohr, von wem das Salz in der Suppe stammte. Das Mädchen war groß und stark. Sie nickte anerkennend und gab die Neuigkeit an Yarok weiter. Der schlürfte neben Rosalin, Bertranes beste Freundin, die mit bunten Bändern ihre popolangen Haare bändigte. Die Nachricht über den Salzspender verbreitete sich bis in die letzten Ohren und Gehirne. Auch bei Donaldo kam die Neuigkeit an. Obwohl er auf seine Schlürftechnik konzentriert war, mit der er doppelt so viel wie die anderen in sich röhrte.

»Donaldo!«, mahnte Frau Habersak ihn. »Runter vom Schlürfgas!«

Donaldo nickte tief. Seine Haare machten Bekanntschaft mit der Suppe.

Frau Habersak übersah das Malheur und winkte Mark zu sich. »Seht, hier ist der Junge, dem ihr die gute Suppe zu verdanken habt. Das ist Mark aus der Stadt. Er war auf der Burg.«

»Kennst du Nyl? Ist auch aus der Stadt und war auch auf der Burg«, fragte Donaldo nach Luft japsend und schlürfsaugte weiter.

Mark mehrfachnickte ein gefällig lässiges Ja. »Hat die da auch schon gefragt und mich nicht ausreden lassen«, antwortete er und deutete mit erhobenen Daumen zu Frau Habersak.

Alle zusammen und jedes Kind für sich verlor angesichts Marks ungehöriger Respektlosanrede und ungehörigste Daumendeutgeste die Fassung. Ein tiefwelliges Raunen ertönte durch Habersak.

Das Entsetztraunen wehte über den Marktplatz bis zur Dienststube des Dorfpolizisten Verhaftichwohl.

Der beste Freund des Schulhausmeisters Machichweg war damit beschäftigt, ein flugfähiges Alarmsystem zu erfinden. Er hantierte am Hals einer weißen Taube, um ihr eine flohgroße Alarmglocke umzuhängen. In der Stille vernahm er kristallverständlich und lupendeutlich das Raunen. Sein rechtes Auge begann nervös zu zucken. Er vergewisserte sich auf der von ihm erfundenen Dienststubenuhr, die, statt zu läuten, lautlos Schüsse aus Karabinerläufen abfeuerte. Keine fünf Minuten waren seit Beginn der Habersak Freudenstunde vergangen. Geraunt wurde am Ende der Suppengeschichte. Nicht vorher. Unter keinen Umständen.

Die Pflicht vor Augen, verlor Verhaftichwohl keine Zeit. Er entließ die Taube und eilte mit dem Lasso zum Marktplatz. Ein Blick, scharf und geschult, schon erfasste er die Situation. Das

Lasso schwang und kreiste, bis er es aus der Hand entließ und alle Schüler um den Suppentopf auf einmal in Gewahrsam nahm.

Frau Habersak lachte belustigt auf: »Sie machen Ihrem Namen alle Ehre!«

»Wie meinen, gnädige Frau Habersak?«, fragte der Dorfpolizist verunsichert. »Ich folge lediglich Ihren Anweisungen, deshalb ...«

»Aber ja!«, fiel Frau Habersak ihm ins Wort. »Raungelaut, Wohljuchzer und Spannungsjapser sind während Suppengeschichten strengstens verboten! Natürlich! Ich habe das Dekret erster Klasse selbst erlassen. Im Grunde war eure Frau Habersak selbst schuld an dem Erlass, stimmt's Kinder?«

Ein »Ja« aus den Mündern der Schulkinder war nie ein einfaches »Ja«. Eingeübt, zur Freude Frau Habersaks, erklang ein paradiesischer langsekündiger Wohlklang.

»Ihr Kinderlein spielt wohl auf die überraschenden Wendungen und gekonnten Wortschöpfungen an, die euch dazu verleiteten, zu jauchzen und zu bibbern, bis die Freudenstunde längst um und das Ende der Heldengeschichte lange nicht abzusehen war?«, wollte Frau Habersak selbstverliebt wissen.

Nochmals erscholl ein quirlighüpfendes »Ja« aus den Kinderkehlen.

»Siehst du, Mark«, wandte sie sich ihm zu. »Deshalb wird am Ende einer Habersak Geschichte geraunt. Nicht vorher und schon gar nicht mittendrin, wenn ich am Erzählen bin. So ein Jauchzer ist im Schnitt eine halbe Sekunde lang! Ein Rauner misst laut Professor Quadratnull, den ich mit Berechnungen betraut habe, im Schnitt sogar über eine Sekunde!«, sagte sie und holte Luft: »Was hat euch Mathematiklehrer Quadratnull beigebracht?«

Die Kinder wussten, was von ihnen erwartet wurde. Gemeinsam deklarierten sie: »Wer rechnet, hat mehr vom Leben.«

Als der Quadratnull'sche Merksatz verebbt war, setzte Frau Habersak den Ausfluss an selbstgefälliger Eigenlobhymne fort. Niemand der Zuhörenden nahm ihr das Übel, schließlich hatten die Habersaker Frau Habersak viel zu verdanken. Doch da. Wer hätte das erwartet? Der Junge aus der Stadt zeigte sich wieder von seiner unflätigen Seite.

»Sind Sie jetzt fertig?«, fragte Mark und brachte die Selbstpreisungen zu einem schmerzjähen Aus. »Ich würde gerne nach Hause.«

Niemand ahnte den Grund für Marks Unflat. Seit dem Erscheinen des Dorfpolizisten hatte er ein mulmiges Gefühl im Bauch. Er hatte ihn sofort an dem zuckenden Auge erkannt. Die übergroße rechte Hand war dieselbe Pranke, die ihn im Kaufhaus festgehalten hatte. Der Dorfpolizist war niemand anderer als der Kaufhausdetektiv! Er musste ihm irgendwie nach Habersak gefolgt sein. Bibberängstlich und ohnmachtsbesorgt rückte er näher an Frau Habersak, die nicht merkte, wie verängstigt der Junge war. Sie rückte von ihm weg.

»Äh?«, wunderte sich Verhaftichwohl. »Wer bist du?«

»Das wissen Sie ganz genau, tun Sie nicht so scheinheilig«, brachte Mark hervor.

Verhaftichwohl schüttelte den Kopf und zählte die lassogefesselten Kinder durch. »Zweiundvierzig, vollzählig, so wahr ich wie mein Vater Verhaftichwohl heiße. Demnach gehörst du Bürschchen nicht zu den Schülern!« Er nahm die Kinder ins Visier. »Wenn nicht alle gemeinsam, wer von euch Schwerenötern hat geraunt? Allein?«

Die Kinder blieben stumm. Zwischendurchraunen bei Habersak Suppengeschichten war schlimmer als Malreinschwätzen beim Unterricht.

»Ich! Ich war das!«, kam Mark den Kindern zu Hilfe.

Verhaftichwohl drehte auf dem Absatz um. Er nahm den Jungen ins Visier. »So, so. Du also hast geraunt?«

Mark nickte verhalten.

Verhaftichwohl vergewisserte sich, dass Frau Habersak der Vernehmung jene Aufmerksamkeit schenkte, die ihr gebührte. Dann griff er in die Innentasche seiner Uniform und nahm sein Notizbuch zur Hand. Er kritzelte geschäftstüchtig ein paar Zeilen, sprang auf Mark zu und packte ihn. »Zu raunen mit zweiundvierzig Kehlen vermag kein Junge allein«, erklärte er detektivischschlau. »Nyl? Kennst du?«

»Ja, ich …«

»Nyl ist ein vorlautes Kind. Du aber ein dreistes, ohne jegliche Manieren! Gefällt mir nicht!«

In dem Moment pfiff eine Böattacke über den Marktplatz und sorgte dafür, dass die Seiten des Notizbuches in der Hand des Polizisten flatterten. Als Wilinors Windzug weitergezogen war, las er den Text der aufgeblätterten Doppelseite. Er japste nach Luft und verdrehte die Augen, hustete und bedurfte eines

Doppelrückenklapsers von Frau Habersak, um die Fassung wieder zu erlangen.

»Was ist? Was hat Ihnen die Sprache verschlagen? Sprecht! Sofort! Jetzt!«, befahl Frau Habersak.

Der Mund des obersten Ordnungshüters blieb offen, während er die Dorfschulkinder befreite. Ein jedes erhielt ein entschuldigendes Sanftohrfeigchen auf die von der Suppe rot angelaufene rechte Wange. Kaum hatte er das Lasso zusammengelegt, schwang er das Seil wieder durch die Luft.

»Bist du ein gewisser Mark? Wohnhaft in der Stadt?«, fragte er mit düsterfester Stimme.

Mark nickte.

»Warst du heute Morgen im städtischen Kaufhaus? Gemeinsam mit deinem Skateboard?«

Mark nickte nochmals. Zögerlicher.

Verhaftichwohl warf das Seil und erklärte: »Hiermit verhafte ich dich wegen Ladendiebstahls!«

Das Lasso zurrte sich um Marks Körper.

Die ungeheuerliche Anschuldigung ebbte durch ganz Habersak. Metzger Fleischzart blieb entsetzt stehen. Er vergaß, die Kinder mit einer Leckerwürstcheneinlage für die Suppe zu überraschen. Dorfschmiedin Schmelzichweich unterbrach ihre feuerschweißtreibende Arbeit an Machichwegs Abdeckplatte. Kellenschwinger beendete mit zahnlos geöffnetem Mund das Sauberschlecken seiner Kelle. Selbst Wilinor verstummte. Der Wind machte eine Pause, als der Dorfpolizist unter den Augen der ähverdutzten Kinder seine Pflicht tat. Er nickte Frau Habersak zu und führte den gesuchten Ladendieb zur Dienststube.

Mit gesenktem Kopf folgte Mark dem Dorfpolizisten. Am liebsten hätte er vor Scham geweint, bis kein Tränentröpfchen mehr in seinem Körper übrig gewesen wäre.

16 Guter Cousin

»Hau mir ab … Frau Habersak«, posaunte Frau Habersak glasscherbenscharf und befreite Mark aus dem Lasso. »Sehen Sie sich den Jungen an, aller ehrenwerter Dorfpolizist! Sieht so ein gemeiner Dieb aus? Und warum sollte er ein Lenkdingbums stehlen, wenn er überhaupt kein Brett mit Rollen dran hat!«

»Skateboard, heißt das«, erklärte Mark. »Ich habe eins, aber es ist weg.«

Mark saß am Diensttisch gegenüber Frau Habersak und Verhaftichwohl, der die Doppelseite seines Notizbuches studierte.

»Junge«, übernahm er das Wort. »Das ist ein Bericht über den Vorfall im Kaufhaus. Die Faktenlage ist eindeutig.«

»Sie waren ja dabei«, erwiderte Mark schnippisch.

Verhaftichwohl strich mit Daumen und Zeigefinger über sein Kinn und hielt sich das zuckende rechte Auge mit der Handfläche zu. »Du meinst meinen Cousin zweiten Grades«, erwiderte er trockener als Wüstensand. »Wir sehen uns sehr ähnlich. Er ist der Kaufhausdetektiv, der dich auf frischer Tat ertappt hat.« Er wedelte mit dem Notizbuch. »Und er hat mir die Nachricht geschickt.«

»Sie sind nicht der Detektiv?«, fragte Mark erstaunt.

»Nein, ich bin Habersaks oberster Ordnungshüter«, erklärte er. »Mein Cousin aus der Stadt und ich tauschen uns über die Arbeit aus. Beide sind wir hinter Verbrechern her.« Er löste die Hand vom Auge, merkte, wie es weiter zuckte, und versteckte es schnell wieder. »Ich weiß Bescheid, Junge.«

»Woher wissen Sie das, Verhaftichwohl?«, schnaufte Frau Habersak.

Verhaftichwohl griff mit der freien Hand unter den Tisch und platzierte pfauenstolz einen gerahmten Spiegel vor sich. Dann pustete er über die Oberfläche, bis sein Atem genug Fläche beschlagen hatte. Mit dem Zeigefinger schrieb er: »Guter Cousin, ich habe deinen Kaufhausdieb in Habersak gefasst! Abholung im Wald! Wann?« Sodann wischte er mit der flachen Hand die Worte weg. »Mit dem Wegwischen erscheint die Nachricht im Notizblock meines Cousins. Anders herum funktioniert es natürlich auch.«

»Hau mir ab … Frau Habersak«, staunte Frau Habersak. »Umständlich, aber wenn's funktioniert.«

»Ist eine meiner Erfindungen. Ich nenne sie Spiegelbrief«, reichte Verhaftichwohl nach.

Nach Frau Habersaks ungewohntem Lob löste er die Hand vom Auge. Das Zucken hatte aufgehört. Als er die Befragung fortsetzen wollte, entdeckte er sein Notizbuch in Marks Händen.

»Steckt dir wohl im Blut, anderer Leute Hab und Gut zu stehlen.« Er entriss ihm das Büchlein. »Was hast du …«

»Hey, das ist unfair, was da steht«, wehrte sich Mark. »Hat Ihr Cousin denn einen Beweis? Ich habe mir den Kopf angeschlagen, als ich vom Board geflogen bin …«

»Board?«, fragte Frau Habersak nach.

»Brett mit Rollen«, erklärte Mark. »So richtig erinnern kann ich mich nicht, die Lenkgummis gestohlen zu haben.«

Frau Habersak blies die Backen auf und wandte sich an den Dorfpolizisten. »Dass ein Dieb in Habersak Unterschlupf sucht, ist ja absurd! Gab's das schon mal bei uns?«

Verhaftichwohl verneinte.

»Sehen Sie!«, freute sie sich und wandte sich an Mark: »Du weißt natürlich, dass auf Diebstahl bei uns die Höchststrafe steht.«

Der Junge fasste sich an den Hals. Er dachte an die Westernfilme, die er mit seinem Vater gesehen hatte. Diebe wurden gerne mal am nächstbesten Baum aufgeknöpft.

»Keine Sorge«, beruhigte Frau Habersak ihn. »Die Art Bestrafung haben wir abgeschafft, als Gevatter Nomäd …« Sie pausierte, als sie merkte, dass der Bösewicht in ihren Gedanken auftauchte, obwohl der Freitagabend nicht angebrochen war. »Nun, ist lange her, dass wir Habersaker jemandem einen Strick um den Hals gelegt haben.« Augenbrauen und Ohren wippten im Gleichtempo hin und her.

»Uhrenmacher Nixgehtnach«, half Verhaftichwohl ihr auf die Sprünge und blickte augenzuckend auf das Lasso auf dem Tisch.

»Er war der letzte mit Strick um den Hals. Ging nicht eines Tages die Kirchturmuhr eine Sekunde vor? Ist eigentümlich lange her.«

»Ja, eigentümlich lange«, pflichtete sie ihm bei. »Ich komme gerade nicht auf das Datum. Sie! Nachdenken! Erinnern!«

Während Frau Habersak und Verhaftichwohl gemeinsam überlegten und auf gruseligschockige Einzelheiten der letzten Seilumhalsveranstaltung kamen, bibberte Mark vor Angst. Er musste seine Unschuld beweisen. Nur wusste er nicht wie. Er dachte, er konnte sich gut daran erinnern, war sich jetzt aber nicht mehr sicher, was genau im Kaufhaus geschehen war. Ein Kindergesicht an der Fensterscheibe riss ihn aus der Grübelrätselei. Weitere Gesichter folgten, bis das Fenster verdunkelt war. Die Dorfkinder winkten ihm zu und deuteten zum Himmel.

»Halt! Stehen geblieben!«, rief Verhaftichwohl erbost, als Mark aus der Dienststube flüchtete.

»Lassen Sie ihn. Er kommt ja nicht weit. Auf Ihren Cousin ist Verlass?«

Er vergewisserte sich im Büchlein. »Mark hat auf dem Skateboard gebremst und sich über die Schulter abgerollt, sonst wäre er wie ein Geschoss in ein Kind gerast, wischtbrieft mein Cousin.« Verhaftichwohl schluckte ehrfürchtig. »Sehr ehrenhaft für einen Dieb.«

Frau Habersak sinnierte, was sich in Form ihrer Lippen unzweideutig zeigte. Sie bildeten oben und unten Dreiecke. »Wischen Sie Ihrem Cousin zurück, er soll nach diesen Lenkdings suchen. Wenn der Junge die Wahrheit sagt, liegen sie irgendwo im Kaufhaus. Los, husch, husch. Bis zum Sonnenuntergang verfliegt die Zeit wie …« Frau Habersak ersparte sich aus Zeitgründen den Vergleich.

Verhaftichwohl atmete über den Spiegel und informierte umgehend seinen Cousin.

Draußen auf dem Marktplatz war die Aufregung groß. Wilinor blies wieder. Und in ihren Lüften hatte sie Gepäck. Die Dorfkinder starrten mit Mark in den Himmel.

»Hast du wirklich geklaut?«, fragte Bertrane.

»Hat er, wetten?«, meinte Rosalin.

»Lass ihn reden!«, mischte sich Yarok ein.

»Ich weiß nicht genau, was in dem Kaufhaus passiert ist, hab mir den Kopf angehauen«, erwiderte Mark geistesabwesend. Er starrte auf sein Skateboard, das am Flugdrachen hing. Auf der Unterseite des Brettes konnte er seinen Namen lesen. »Flitzsky! Hier! Hier unten!«

Gleich darauf segelte sein treuer Begleiter auf den Markplatz nieder. Dümmlicherweise zielte er haaresbreitengenau auf den Brunnen zu. Mithilfe der Kinder bewahrte Mark Flitzsky davor, in das schlundtiefe Loch abzutauchen.

Unendlich froh, sein Skateboard zurück zu haben, begutachtete er es und war froh, dass er damit noch fahren konnte. Mark wollte gerade Tricks vorführen, als Frau Habersak mit Verhaftichwohl aus der Dienststube trat. Hengst Heikko gesellte sich zu ihnen.

Mit dem Lasso in der Hand verkündete Habersaks oberster Ordnungshüter: »Mark, ich habe Neuigkeiten.«

Der Junge unterbrach die Vorführung und schluckte verängstigt.

»Mein Cousin hat einen Spiegelbrief gewischt. Du hast einen sehr hartnäckigen Vater ...«, eröffnete Verhaftichwohl die Ansprache.

»Wieso? Wo ist er? Ist er hier?«, fragte Mark.

»Ausreden lassen!«, erwiderte er streng, räusperte sich mehrfach plus zwei Mal, verschränkte die Arme auf dem Rücken, vor dem Bauch, über den Kopf, schritt über den Platz, hin und her, her und hin, kratzte sich die Haare, bis Hengst Heikko der Lästigpause mit einem Wiehern ein Ende bereitete.

»Habe ich jetzt deine volle Aufmerksamkeit?«, richtete er das Wort wieder an den Verdächtigen.

Mark hatte vor, zu antworten. Doch die Dorfkinder sprangen auf ihn und legten die Hälfte der Hände auf seinen Mund. Da brachte Mark kein Wort heraus.

Frau Habersak gab Verhaftichwohl ein Zeichen, endlich weiterzumachen. »Heute ist Letztfreitag! Wir haben allerhand zu tun!«

»Nun denn«, holte er erneut aus. »Dein Vater hat unerschütterlich an deine Unschuld geglaubt. Mein Cousin spiegelbrieft, dass er im Kaufhaus war und alles auf den Kopf gestellt hat.« Verhaftichwohl konnte nicht anders. Pausen lagen ihm im Blut. Er legte eine pupskleine ein.

In dem Moment fiel Mark wieder alles ein. »Bevor der Kaufhausdetektiv mich aufgehalten hat, habe ich die Lenkgummis in ein Regal gelegt. Zu einem Plüschhengst in der Spielzeugabteilung«, schrie er und sah zu Heikko. »Stimmt's?«

Heikko wieherte irritiert und Verhaftichwohl bestätigte mit einem Kopfnicken: »Dein Vater hat das Päckchen gefunden und es meinem Cousin überreicht. Du bist unschuldig! Die Höchststrafe wird dir erlassen.«

Mark schluckte. »Und was wäre die höchste Strafe gewesen?«

»Auf immer und ewig Habersak fernzubleiben«, posaunten die Dorfschulkinder im Chor. »Schlimmer geht nicht!«

Überglücklich lief Mark auf Frau Habersak zu und blieb mit großen Augen vor ihr stehen. Heikko stupste den Jungen an und schleckte ihn mit der Regenwurmzunge ab. Marks Ekel kannte keine Grenzen, aber so war das eben mit einem Hengst, der Heikko hieß.

Frau Habersak lachte aus tiefstem Herzen. »Dein Rollbrett wartet. Willst du nicht zurück zu deiner Klasse?«, fragte sie ihn.

»Skateboard heißt das, Frau Habersak«, erklärte er ein weiteres Mal. »Ich habe eine Bitte, bevor ich gehe.«

»Ja? Was denn? Es ist spät, wir haben Freitagserledigungen zu erledigen«, sagte sie überrascht.

»Darf ich Sie in den Arm nehmen?«

Frau Habersak vergewisserte sich mit ringrollenden Augen bei Verhaftichwohl und Heikko, ob wirklich sie gemeint war.

Der Dorfpolizist zwinkerte ihr mit dem Zuckauge zu und sprach zu den Kindern, die mit offenen Mündern dem Ereignis beiwohnten: »Alle umdrehen, wegsehen! Das ist ein Habersak'scher Erlass erster Klasse!«

Unter Protest drehten sie sich weg und hielten sich die Hände vor die Augen.

Frau Habersak fuhr die dünnlangen Finger aus und strich Mark durchs Haar. »Du erinnerst mich an den einzigen Mann in meinem Leben. Er war dreist wie du, aber im Herzen ein feiner Mensch.«

Sogleich kroch Mark in ihre Arme und drückte seinen Kopf an ihre Brust. »Danke«, sagte er. »Sie duften nach Omamama.«

Frau Habersak fühlte sich geschmeichelt, auch wenn ihr die arg große Portion an Gefühlen zu viel war. »Das hast du schön gesagt«, brachte sie mit dünner Stimme hervor.

Sie wischte ein Tränchen der Rührung, die nicht wie die Tränen der Trauer aufgebraucht waren, aus dem Augenwinkel und bemerkte etwas, was sie erschütterte: Die Schulkinder starrten sie an. Ordnungshüter Verhaftichwohl hatte nichts mehr zu melden. Er war mit dem eigenen Lasso am Brunnen gefesselt.

»Fahr die Dorfstraße hinaus. Durch den Wald kommst du zurück zur Burg«, schnellsagte Frau Habersak zu Mark.

Dann ergab sie sich ihrem Schicksal und öffnete die Arme, sodass die Kinder – wie Mark ihnen vorgeführt hatte – in sie hineinkriechen konnten. Die Zuneigung, die sie erfuhr, ließ sie glücklich sein und für einen Moment vergessen, welchen Verlust sie vor langer Zeit erlitten hatte.

Dass die Frau in einem Knäuel aus herzlichknuddelnden und

frohjauchzenden Kindern nicht mehr zu sehen war, wunderte Mark nicht. Doch wie sie alle ihre Schützlinge gleichzeitig im Arm hielt, erstaunte ihn doch.

Frau Habersak winkte Mark zum Abschied und ergab sich der Knuddelei. Trotz Freudentaumels zählte sie die Kinder durch. Sie endete bei einer ungeraden Zahl. Einundvierzig Schüler lagen in ihren Armen. *Ein Kind fehlt,* erschrak sie und blickte Mark hinterher.

Von dem fehlenden Schulkind ahnte Mark nichts. Befreit und erleichtert skatete er zwischen den Bäumen auf der Dorfstraße, die sich wie eine Fahrbahnmarkierung in der Mitte aneinanderreihten. Unter dem Himmeldach jagten die Eckwolken kreuz und quer. Wilinor war guter Dinge, konnte sich aber für keine Windrichtung entscheiden. Mark tat sich deshalb schwer, vorwärts zu kommen. Wilinor zeigte schließlich Erbarmen und legte sich fest. Mit dem Wind im Rücken kam Mark easyleicht und nicegeschmeidig voran. Ein Duft nach Honig kitzelte in seiner Nase, während ihm klar wurde, dass er keine Ahnung hatte, wohin er unterwegs war.

Der Horizont, auf den er zusteuerte, begrenzte wasserwagengerade die Landschaft. Kein Berg war zu sehen. Geschweige denn eine Burg. Auch die Stadt, in der er lebte, tauchte nicht auf. Kein Gebäude, kein Hochhaus, kein Fernsehturm war in der Ferne zu erkennen, der ihm den Weg nach Hause wies. Er erinnerte sich, wie er nach dem Verlassen der Burganlage durch den Wald gegangen war, um Nyl zu finden und in Habersak aufgetaucht war. Wie sollte er zurückfinden? Wie heim zu seinem Vater kommen?

Zeit sich Sorgen zu machen, blieb ihm nicht. Je weiter er sich vom Dorf entfernte, desto enger wurden die Abstände zwischen den Bäumen. Der Wind nahm zu. Zu seiner Überraschung gesellte sich zu den mittig gepflanzten eine zweite Reihe Bäume. Auf der Dorfstraße wurde es enger und enger. Nach weiteren Schüben kam eine dritte Baumreihe hinzu. Wilinor blies und blies, versunken in alte, stürmische Zeiten, in denen sie nicht mit Schnupfen und Erkältung zu kämpfen hatte.

Das Tosen und Pfeifen um Mark herum wurde lauter. Das Brett wankte hin und her. *Brems ab und runter von Flitzsky,* befahl er sich. Er berührte mit dem Turnschuh den Asphalt. Das Abbremsen drosselte die Geschwindigkeit nicht. Er schliff mit der Sohle über den Boden, bis Fäden aus Gummisohlenrauch in Wilinors Treiblüfte aufstiegen. Flitzsky aber wurde nicht langsamer. Unerbittlich trieb der Wind Mark voran. Er legte sein ganzes Geschick und Können in die Manöver, all das, was er sich in den vielen Stunden im Training beigebracht hatte. Er umfuhr und umschiffte die Baumstämme, duckte sich, bis er merkte, dass der Belag der Fahrbahn wechselte. Plötzlich wucherten aus dem Asphalt Wurzeln. Erde und Baumrinde tränkten den Teer und brachten ihn zum Holpern. Aus der Dorfstraße wurde nach und nach ein Waldweg. Bevor er endgültig stürzte, hörte er eine Stimme rufen: »Hände hoch!«

Mark gehorchte. Er riss die Arme hoch und umklammerte einen Ast. Flitzsky bäumte sich auf, die Vorderreifen drehten leer. Eine Bö trieb das Brett an, wie ein Geschoss flog es weiter durch die Baumreihen und entschwand.

Ein fürchterlicher Schrecken durchfuhr Mark, als sein Skateboard nicht mehr zu sehen war. *Nicht schon wieder, Flitzsky,* flehte er in sich hinein. Obwohl er zum Weinen traurig war, lächelte er cool, als er die Person zu der Stimme entdeckte. Mit einem Schwung gelangte er auf den Ast. Er atmete durch und musterte das Mädchen, das ihm zugerufen hatte.

»Wo warst du? Ich habe dich gesucht«, sagte Mark.

»Weiß auch nicht. Ich wollte zum Wildgehege«, erwiderte Nyl. »Habe mich verlaufen. Hast du die anderen gefunden?«

»Nein. Sind wahrscheinlich zurück zur Burg, den Kerker ansehen. Sollten uns da blicken lassen. Sonst gibt's Ärger mit der Lehrerin.«

Nyl sah durch die nicht endenden Baumreihen. Die Hoffnung war nicht groß, zur Burg zurückzufinden. »Hast du meine Sonnenbrille?«

Mark griff in die Hosentasche und staunte, dass sie weg war. In Nyls Hand entdeckte er die lilafarbene Brille, die ihr Frau Habersak gegeben hatte. »Äh …«

»Frag nicht«, sagte sie.

»Wie? Wie kann das sein?«, stammelte Mark. »Wie kommst du an die Brille? Ich habe sie dir doch weggenommen.«

Nyl zuckte mit den Schultern. »Ich habe keine Lust mehr, mich zu wundern.« Sie setzte die Brille auf.

»Was ist mit dir? Hast du geweint?«, fragte er.

Nyl rieb sich unter dem Gestell die Augen. »Nur ein wenig. Ich bin den Legowald abgelaufen. Vor und zurück. Längs und quer. Das ist kein Weg zur Burg.«

»Was bist du abgelaufen?«

»Den Wald, den Legowald. Oder heißt der etwa anders?«

»Woher soll ich das wissen? Du redest dummes Zeug.«

Sie sah ihn an und erschrak, als sei sie in dem Moment zu Sinnen gekommen. »Was machst du eigentlich hier? Verschwinde, das ist mein Traum«, beklagte sie sich.

»Das ist kein Traum«, widersprach er. »Auf gar keinen Fall. Und wenn, ist er nicht deiner. Wäre ich sonst hier?«

Ein Laut drang zu ihnen.

»Leise!«, sagte sie. »Hast du das gehört? War das ein Pferd?«

»Kann nur Heikko gewesen sein. Ich habe ihn in Habersak ...«

»Habersak? Warst du in Habersak?«

»Ich habe dich im Wald gesehen und bin dir nachgegangen. Irgendwann warst du verschwunden.« Dass er sich entschuldigen und sie zum Skaterpark einladen wollte, sparte er sich zu sagen.

»Das Schild«, erinnerte sie sich. »Das habe ich ganz vergessen. *Durchgang auf höchst eigenen Wunsch* ... Irgendwie verrückt. Dann hast du den Wald ja auch durchquert. Wie sonst wärst du nach Habersak gekommen? Kann nicht sein, in echt, ist aber so«, versuchte sie sich mit einer Erklärung.

Mark überlegte. »Wie Zeit? Gibt's irgendwie auch nicht, aber irgendwie schon.«

»Bist Denker? Oder was?«

»Nein, Skater.« Er blickte sich um. »Ohne Skateboard. Ich muss Flitzsky suchen.«

Er sprang vom Ast. »Was ist? Kommst du mit?«

»Weiß nicht«, sagte sie.

»Herumsitzen bringt auch nichts«, meinte er. »Ach ja. Das Kopftuch ist in Habersak Mode. Lange Geschichte.«

»Erzähl ruhig«, seufzte sie, ohne sich über die Neuigkeit zu freuen. »Haben ja Zeit.«

»Bist du lange herumgeirrt?«

Sie ließ den Blick durch die Baumstammreihen in den Himmel schweifen. »Ich weiß nicht. Ich habe das Gefühl, Zeit in Habersak ist nicht dieselbe wie in der Stadt.«

Mark reichte ihr die Hand, um ihr nach unten zu helfen. »Vielleicht haben wir gemeinsam mehr Glück. Komm, wir suchen Flitzsky. Der findet immer den Weg heim«, scherzte er.

Nyl zupfte an dem Kopftuch. »Meinst du dein Skateboard?«, fragte sie und sprang herunter. Ohne Marks Hand zu nehmen. *Soll er sich erst mal entschuldigen,* sagte sie sich.

Die zwei gingen nebeneinander und suchten zwischen den Baumreihen nach Spuren, die das Skateboard hinterlassen haben konnte. Dabei erzählten sie einander von ihren Begegnungen mit Frau Habersak. Keiner von ihnen war bereit, dem anderen zu glauben. Zu abenteuerlich und abwegig schienen die Erlebnisse des jeweils anderen zu sein. Aber die Details, vom Aussehen Frau Habersaks und von Hengst Heikko bis zu den Dorfschülern, ließen für beide keinen anderen Schluss zu:

Habersak und seine Bewohner existierten.

»Sagen wir, es stimmt, was du über die Fische im Teich erzählst …«, holte Mark aus.

Nyl unterbrach ihn empört und schob einen Ast vor dem Gesicht zur Seite. »Hör mal! Warum sollte meine Geschichte nicht stimmen? Was ist mit deiner? Spiegelbriefe! Wo bitte gibt's denn die?!«

Mark rief sich den Dorfpolizisten mit dem Zwinkerauge in Erinnerung. »Im Traum erlebst du Abenteuer. Du bist mittendrin, trotzdem sind sie nicht wahr. Ist doch so?«

Nyl dachte über Marks Gedanken nach. »Zwick mich. Wenn ich aufwache, ist alles nicht geschehen.«

Ohne zu zögern, zwickte er sie in die große Nase.

»Autsch! Das war fest! Wie Frau Habersak!«, schrie Nyl auf.

»Wach?«

»Ich träume nicht!«

»Vielleicht träumen wir gemeinsam?«

Während Nyl und Mark im Legowald über Träume diskutierten, stand Frau Habersak vor ihrem Schreberhäuschen. Sie spürte eine kribbelige Müdigkeit. Abhilfe musste her. Sie stellte sich auf ein Bein, streckte das andere senkrecht nach vorne und schloss die Augen. Eine Sekunde lang. Dann riss sie das Standbein hoch, machte einen Salto rückwärts und streckte die Arme in die Luft. Erfrischt wie nach einer spritzigen Ingwerdusche hechelatmete sie, bis sich das Gefühl einstellte, ausgeruht zu sein. Sekundenschläfchen pflegte sie mehrmals am Tag zu machen. Nachts lag sie meist wach im Bett und dachte an den Mann, der für ihre Liebe in den Kerker gegangen war.

Die Sonne hing zehn Fingerbreit über den Bergkuppen. Es war Zeit, mit den Vorkehrungen für die Freitagnacht anzufangen. Verwundert streckte sie die Zunge aus dem Mund. *Wie merkwürdig,* dachte sie. *Wilinor hat Waldhonig in den Wind gegeben. Ob sie*

Halsweh hat, die Arme?, sorgte sie sich. *Stimmt etwas mit der alten Blasnudel nicht?*

Sie rief nach Heikko. Doch er meldete sich nicht mit einem Wiehern zurück. In der Scheune, kaum kleiner als zwei Fußballfelder, war der Vierbeiner auch nicht. *Vielleicht,* begann sie zu überlegen, erschrak und verbot sich, den schreckfürchterlichen Gedanken zu Ende zu denken. Doch die Gedanken dachten trotzdem zu Ende, was sie sich nie und nimmer vorzustellen hätte wagen wollen: Heikko hatte genug von ihr und war auf den Sitz der Familie von Hattersberg zurückgekehrt.

Da entdeckte sie etwas, was sie durchatmen ließ. Heikko hatte sie gar nicht verlassen. Eine mit Hand geschriebene Nachricht war an einen Balken geschlagen. Der Hengst war Freund theatralischer Gesten, wie alle aus dem Geschlecht von Hattersberg.

Die Botschaft war mit roter Tinte auf Schwarzpapier verfasst: »Libe Frau Habrsag. Heiko und ich reidden zum Walt. Hab Meinen strohalm verlohrn.«

Auch ohne Unterschrift wusste sie, wer Verfasser der Botschaft war und mit einer Bestrafung zu rechnen hatte. Habersaks einziger Dorfschüler, der bei der historischen Vielarmumarmung gefehlt hatte. Sie schnaubte wie ein dünnes Walross, das mit Schnupfen zu kämpfen hatte.

»Wie interessant«, murmelte sie. »Womit hat der Ausreißer den Feingeist überredet, mit ihm in den verbotenen Wald zu gehen?"

Das Dorfschulkind, das Frau Habersak meinte, war Schlürfexperte Donaldo. In der Mitte seines Körpers thronte ein kissengewölbter Bauch. Kellenschwingers Eisköstlichkeiten waren schuld an der Daunenfüllung, nebst Bergbutterschinkensalamimarmaldenbrote und tiefschwarzem Blubberzuckersaft, den er eimerliterweise zu Doppelmittagsmahlzeiten in sich schüttete.

Während der Knuddelei mit Frau Habersak hatte Donaldo die Chance gewittert, seinen verlorenen Strohhalm zu suchen. Niemand durfte wissen, dass er versucht hatte, den Weg in die Burg zu finden und dabei sein Schlürfwerkzeug verloren hatte. Heikko hatte nichts dagegen, ihn zu begleiten. Jedoch bestand er darauf, Frau Habersak über das Vorhaben zu unterrichten. Was Donaldo zu Papier gebracht hatte, wusste er allerdings nicht. Heikko verstand sich auf's Fabulieren. Die Kunst des Lesens beherrschte er nicht.

Nun erreichte der Hengst mit dem Jungen den Eingang des Waldes, den Nyl als Legowald bezeichnete. Er verlangsamte das Tempo und blieb stehen. Was ihm in den Sinn kam, hatte eine Tragweite. Er hatte vergessen, welcher Tag der heutige war.

»Heikko! Komm! Da drüben könnte ich den Strohhalm verloren haben«, sagte Donaldo.

Der befehlerische Unterton riss das Pferd aus den Gedanken. Heikko scharrte mit den Hufen. »Höre und lerne, Junge! Dein Begleiter, der ich zu sein mich bereit erklärt habe, erwartet die höfliche Anrede mit Sie! Verschone mich mit Despektierlichkeiten, sonst trabe ich augenblicklich zurück!«, wieherte er verärgert.

Dass Donaldo und Hengst Heikko sich verstehen konnten, war für beide eine Überraschung gewesen. Beim Dienst für die letzte Abendvorbereitung, sprich am letzten Letztfreitag, stellte Donaldo fest, dass er in der Lage war, Heikkos Wiehern und Maulbewegungen zu verstehen. Wie alle Dorfschulkinder kannte er die Eitelkeiten des Hengstes. Statt seinen Unmut auf sich zu ziehen, sprach er ihn auf das an, worüber er am liebsten redete.

»Ihr seid adlig, stimmt das? Hab' mal was gehört.«

Heikko spitzte die Ohren. Dass ausgerechnet der Junge mit Kissenbauch seine Sprache beherrschte, hatte ihn ziemlich mitgenommen. Gerne hätte er die wundersame Erkenntnis Frau Habersak anvertraut. Doch wie? Wenn sie sein Geplapper nicht verstand?

»Wo du mich darauf ansprichst, Junge mit dem wohlklingenden Namen eines Geschmeides«, holte er aus. »Höre und wisse, du atmest dieselbe Luft wie der letzte lebende Nachfahre des Geschlechts derer von Hattersberg. Wir sind nicht ausgestorben, wie alle Welt und Geschichtslehrerinnen glauben. Sicher haben deine ungeputzten Lauscher von uns gehört. Nicht wahr?«

Donaldo lächelte versonnen und nickte. Heikko, ganz in seinem erzählerischen Element, verdrehte die Augen und merkte nicht, dass die Verwunderung des Zuhörers nicht ihm galt. Geschmeichelt setzte er fort: »Kein Wunder, wenn es dir die Sprache verschlägt. Ich bin geneigt, dir für die Wertschätzung, die du meinem Geschlecht entgegenbringst, meine Dankbarkeit zu zeigen. Könnte sein, wir sind auf bestem Wege, eine nicht standesgemäße Freundschaft zu schließen«, klapperte Heikko. »So höre! Was ich dir anzuvertrauen gedenke, bleibt unter uns. Kein Sterbenswort zu irgendjemanden. Versprochen? Auf Ehre und Gewissen?«

Donaldos Augen weiteten sich, obgleich er damit nicht Heikko seine Zustimmung signalisieren wollte – er hatte Marks Skateboard zwischen den Bäumen entdeckt.

Bestärkt in seinem Vorhaben, dem einzigen Menschen, der ihn verstehen konnte, das lange gehütete Familiengeheimnis anzuvertrauen, hob und senkte Heikko den Kopf, bevor er mit knirschenden Zähnen weiterfuhr: »Mein Leben in Habersak gestaltet sich alles andere als einfach.« Er unterbrach sich und legte Verschwörerisches in die nächsten Worte. »Wisse, kleiner Mann mit kuschlig gewölbtem Bauch! Ich bin des einzigen adeligen Bluts im Dorfe Habersak. Ein Hengst von meinem Stande und Geiste findet sich kein zweites Mal im Tal. Dem Schicksal sei es geklagt! Ich bin umgeben von einer Horde einfältiger Dorftrottel.« Nach einem asthmatischen Wiehern fügte er hinzu. »Mir obliegt die über Jahrhunderte weitergereichte Pflicht, Frau Habersak zu beschützen und für ihr Wohlergehen zu sorgen. Was für eine Herkulesaufgabe!«

Sobald Heikko ausgiebig gelachwiehert hatte, lüftete er in einer eleganten Bewegung den Kopf und schockerstarrte vor dem nächsten Atemzug: Donaldo lauschte nicht mehr seinen Worten.

»Manieren sind das!«, wieherte er. »Wo bist du, Kissenbäuchler?«

Die Sonne in Menschenfingern gerechnet stand acht Fingerbreit über den Bergkuppen. Heikko schauderte bei dem Gedanken, dass er den Letztfreitag vergessen hatte. Es war Gevatter Nomäds Tag, obgleich ihm die Nacht gehörte. Er hob den Oberkörper. Die Vorderbeine taumelten in der Luft, ehe er einen weiten Satz machte, um Donaldo zu suchen.

Nahezu zur selben Zeit erreichten Nyl und Mark einen von der Abendsonne in blasszärtlichen Rot beschienen Teil des Legowaldes. Die beiden hatten irgendwann aufgehört, miteinander zu reden. Nyl hatte keine Lust, es Mark mit der Entschuldigung leicht zu machen. Die Ohrfeige tat ihr leid, aber schließlich hatte er ihr die Brille weggenommen.

Auch Mark war in Gedanken, während sie nach Flitzsky suchten. Er überlegte und überlegte, drehte und wendete die Worte, mit denen er sich bei Nyl entschuldigen sollte. Es war ja nicht schwer, um Verzeihung zu bitten. Aber auch nicht leicht, über den eigenen Schatten zu springen. Sie hatte ihm schließlich vor der Klasse eine Ohrfeige gegeben.

Einige Baumreihen später bemerkte Mark eine Stelle an einem Stamm. Da war ein Ritz, als hätte jemand mit einem Messer einen Schnitt gemacht. Endlich eine Spur! Flitzsky war womöglich mit der Brettkante daran geknallt. Er sah sich um und hielt den Atem an.

Ein wohlgenährter Junge hantierte an seinem Skateboard herum.

»Finger weg!«, rief er ihm zu. »Flitzsky beißt!«

Erschrocken warf Donaldo das Brett weg.

»Erzähl keinen Mist!«, schimpfte Nyl Mark und wandte sich an den Jungen. »Lass den da nur reden. Bist du nicht aus Habersak?«

Donaldo nickte. »Ich bin Donaldo.«

Marks Aufmerksamkeit war voll und ganz auf das Skateboard gerichtet. Er kontrollierte die Rollen und befreite das Brett von Blättern und Erde.

»Kannst du uns vielleicht helfen?«, fragte Nyl Donaldo. »Wir wollen zurück zur Burg.«

»Nyl!«, schrie plötzlich Mark. »Sieh nur.«

Er deutete mit ausgestrecktem Arm zur Wehranlage, die sich in die Berglandschaft schmiegte. Effektvoll wurde sie mit beweglichen Lichtstrahlen und Spots in Szene gesetzt.

Die beiden fielen sich in die Arme. Die Erleichterung, den Weg zurückgefunden zu haben, ließ sie vergessen, dass sie sich kaum kannten und zerstritten waren. Erst nach einem Moment merkten sie, was vor sich ging und entarmten sich.

»Tut mir leid«, entschuldigte sich Mark endlich. »Wegen der Wette und Sonnenbrille und alles.«

»Das war aber wirklich bescheuert«, erwiderte Nyl. »Was interessieren denn dich meine Haare?!«

»Ich weiß auch nicht«, entgegnete er. »War blöd mit der Wette.«

Nyl trat einen Schritt zur Seite, weg von Donaldo, der die Versöhnung schmunzelnd verfolgte.

Als Mark sich zu ihr stellte, überlegte sie, wie sie ihm erklären sollte, wie sich das mit und ohne Kopftuch anfühlt. »Weißt du, ohne Kopftuch, da … Da komme ich mir beobachtet vor, als würde die ganze Welt zusehen, wie ich in der Nase popele. Verstehst du?«

Mark nickte.

Nyl atmete erleichtert auf. »Das sagst du aber niemandem, das mit dem Popeln!«

»Klar, versprochen.«

»Lass uns gehen, die anderen warten bestimmt auf der Burg auf uns oder wir werden gesucht.«

Sie kehrten zu Donaldo zurück.

»Weißt du, wie wir zur Burg kommen?«, fragte Mark ihn.

Donaldo stirnrunzelte. »Wollt ihr dort wirklich hin? Seid ihr sicher?«, fragte er. »Wisst ihr nicht, dass heute Letztfreitag ist?«

»Letztfreitag? Was soll das sein?«, fragte Nyl.

Donaldo erzählte von der Prophezeiung, die jeder in Habersak verwünschte, weil sie so schrecklich schlimm war. Laut den Worten, die von Generation zu Generation überliefert wurden, bestand am letzten Freitag des Monats die Gefahr, dass Habersak ausgelöscht wird.

»Gevatter Nomäd wird eines Letztfreitages das Dorf in Schutt und Asche legen«, fasste er die schlimmarge Prophezeiung zusammen. »Und wie es aussieht, ist heute das Ende Habersaks gekommen.«

»Wie kommst du darauf?«, fragte Mark verwundert.

»Das Licht, das sich bewegt, sind keine Strahler.«

»Sondern?«, hakte Mark nach.

»Die Haustiere der Gryklonen. Sie leuchten«, erklärte Donaldo.

»Und die Gryklonen sind?«, fragte Nyl.

»Gevatter Nomäds Krieger.«

»So ein Quatsch«, lachte Mark.

»Kein Quatsch, sieh mal«, sagte Nyl.

Donaldo hielt die flache Hand vor Augen und maß den Stand der untergehenden Sonne. »Die Gryklonenkrieger kommen aus der Burg.« Er schluckte verängstigt. »Sie sammeln sich.«

Unendlich und mehr Lichtpunkte flogen aus Ritzen und Öffnungen der Burganlage und zogen sich in Schwärmen zusammen. Im Abendrot der untergehenden Sonne flammte und blitzte die Anlage in einer flirrenden Lichtwolke auf.

21

Seit sie von Heikkos Ausflug mit Donaldo erfahren hatte, klagte Frau Habersak über Sorgbauchweh. Es drückte und zwickte, grummelte dumpf, als hätte sie zu viel gegessen oder einen schmerzleeren Bauch. Nichts tun zu können, war für sie genauso schlimm, wie niemanden zum Reden zu haben. Heikko war ein geduldiger Zuhörer und verschwiegen wie die Berge, auf die sie mit Sorge blickte. Die Sonne war einen weiteren Fingerbreit gesunken und die Ausreißer nicht zurück.

Sie überlegte, welchen Denkzettel Donaldo für sein Vergehen bekommen sollte. Wie für Mark kam für ihn die Höchststrafe in Betracht: Habersak nie wieder betreten zu dürfen. *Obwohl*, sinnierte sie weiter. Der Junge hatte es nicht leicht mit dem Kissen im Bauch. *Das machst du fein*, lobte sie sich in Gedanken. *Sei verständnisvoll und gut zu allen Kindern. Selbst wenn sie dich aufregen und dir das letzte Körnchen Geduld rauben, wie der rechtschreiblose, daueressende Donaldo!*

Aufgewühlt schloss sie im Schreberhäuschen ein Fenster nach dem anderen und sicherte sie mit Eisenplatten.

Die glühleuchtenden Platten hatte Dorfschmiedin Schmelzichweich geschmiedet. Für jedes Fenster und jede Tür in Habersak hatte sie eine maßgeschneiderte, styroporleichte Abdeckung gefertigt. Jedes für sich ein Leuchtkunstwerk. Etwas verspielt vielleicht, hatte Frau Habersak geurteilt, aber als Irritation für die Gryklonenkrieger waren sie von Nutzen.

Zeitgleich mit dem Ende der Abendvorbereitung hielt sie das Ende ihres Geduldfadens in Händen. Sie trat vor das Häuschen und verbarrikadierte die Eingangstür.

»Was, wenn Gevatter Nomäd ernst macht heute Nacht und angreift?«, brummte sie los.

»Hau mir ab ... Frau Habersak!«, schalt sie sich. »Tu was oder lass es!«

»Ach du! Sei still«, sagte sie zu sich selbst.

»Tust du nun was oder nicht?«, säuselte die zweite Stimme weiter.

»Was soll ich denn tun? Heikko kann Ausflüge machen mit wem er will. Er ist ein von Hattersberg!«, schnaubte die Erststimme.

»Der Letzte seiner Art«, erinnerte Nummer zwei.

»Ich möchte nicht wissen und hören, was er über uns denkt. Verzogen und eingebildet ist er«, machte Nummer eins weiter. »Das Stroh ist ihm zu orange!«

»Schrei nicht, ich höre dich ganz gut!«, beschwerte sich die Zweitstimme.

»Das Stroh ist ihm zu orange!«, wiederholte sie leiser. »Wie komme ich auf einen dummen Gedanken wie diesen!«

Die Zweitstimme kicherte. »Bist du etwa auf den Kissenbäuchler eifersüchtig? Donaldo hat Heikko dazu gebracht, mit ihm wegzugehen.«

Frau Habersaks Gesicht verformte sich bis zur Unkenntlichkeit. Bis die Nase zurück auf ihren Platz fand, hatte sie eine Antwort parat. »Heikko ist eigen. Wie Donaldo. Vielleicht verstehen sich die beiden deshalb?«

»Sie sind in den Wald! Niemand darf das«, sorgte sich die Zweitstimme.

»Der Junge ist nicht allein. Heikko ist bei ihm«, beschwichtigte sie sich und kontrollierte den Stand der Sonne »Lang genug gewartet und gequasselt! Zweitstimme! Runter von der Zunge und zurück in den Kopf oder mach's dir im Herzen gemütlich«, beendete sie die Unterhaltung. »Ich habe auch schon eine Idee!«

Unvermittelt hüpfte sie in den Spagat, neigte und hob den Kopf, schnellte die Beine zusammen und katapultierte sich in die Luft. Auf dem höchsten Punkt pfiff sie zwischen den Zähnen.

Vor Schreck über den Notpfiff schleuderte Herr Verhaftichwohl eine Henne aus den Händen. Das aufgeregte Tier ließ Federn und flatterte durch das letzte, ungesicherte Fenster der Dienststube. »Ach! Frau Habersak! So wird das nichts mit meiner neuesten Erfindung!«, posaunte Verhaftichwohl beleidigt. Inspiriert von Wilinors Eckwolken tüftelte er über ein Verfahren für halbeckige Eier.

Am anderen Ende des Dorfes war Kellenschwinger im Begriff, die Fenster im Kühlhaus zu verriegeln, als er vor Schreck über den Pfiff, das Leuchtkunstwerk fallen ließ. Um die Nerven zu beruhigen, steckte er den Finger in den Eistopf mit Baldrianjohanneskrautvanille und schleckte ihn ab. Die nervenbesänftigende Mischung hatte er im Auftrag des Schulhausmeisters angefertigt.

Der stemmte gerade die von Schmelzichweich gestaltete Platte vor den Kleiderschrank. Wie jeden Letztfreitag trieb ihn die Sorge um, die Gryklonenkrieger könnten sich an seiner schottenrockgemusterten Kleidung bedienen. Vor Schockschreck über Frau Habersaks Schrillpfiff kam er ins Taumeln und fiel mit der Platte auf das Schottenbett.

Auch Nyl, Mark und Donaldo hörten den Pfiff, der sich um die Baumstämme herumschlängelte, bevor er sie erreichte und erschrak.

»Was war das?«, fragte Mark.

»Frau Habersak pfeift Alarm. Wir müssen in die Schulaula, auf schnellstem Weg«, erklärte Donaldo. »Kommt!«

Er eilte voran und blieb sofort wieder stehen. Heikko galoppierte den Kindern entgegen und ignorierte sie. Mark und Nyl sprangen erschrocken zur Seite und rissen Donaldo mit sich.

»Heikko!«, riefen die drei wie aus einem Munde.

»Wo will er hin?«, fragte Nyl.

»Keine Ahnung«, sagte Mark. »Dass er uns einfach so stehen lässt.«

Heikko erreichte den Trampelpfad, der auf den Berg hinaufführte. Er blieb stehen und schnaubte ihnen zu.

»Er will zur Burg, ihr sollt mitkommen«, sagte Donaldo.

»Hä!«, staunte Mark. »Woher willst du das wissen?«

»Wir sind in Habersak«, gab Nyl eine Art von Erklärung. »Was will Heikko bei der Burg?«

Der Hengst wieherte aufgeregt.

»Habersak retten«, meinte Donaldo unsicher. »Geht zu ihm, vielleicht könnt ihr ihm helfen«, sagte er. »Ich laufe zur Aula, die anderen warnen.«

Alle Bewohner waren nach dem Pfiff zur Dorfversammlung gelaufen. Verhaftichwohl stand bei Frau Habersak auf der Bühne. Er trat vor die aufgebrachten Habersaker.

»Ruhe, liebe Leute, jetzt beruhigt euch!« Er kontrollierte am Handgelenk die Freitagssonnenuntergangsuhr, die auf zehntel Fingerbreit den Stand über den Bergen anzeigte. Er erstarrte, zuckte mit seinem Zuckauge, und erklärte mit banger Stimme: »Die Gefahrenzone ist bald erreicht. Wir stehen auf fünf Fingerbreit.«

»Wer hat Dienst im Turm?«, schrie Bertrane. Sie saß neben Schulhausmeister Machichweg, der der Dorfschmiedin von seinem Malheur mit der Schrankabdeckungsplatte berichtete.

»Rosalin«, meldete sich Frau Habersak. »Bist du nicht an der Reihe mit Wacheschieben?«

Das Mädchen überspielte mit einem Rehleinlächeln die Peinlichkeit, ihren Dienst vergessen zu haben. Ohne weitere Kostbarzeit zu verlieren, lief sie aus dem Saal und spurtete über den Marktplatz.

Voller Versäumnervosität und Freitagsbange rannte sie mehrmals um die Kirche herum, bis es ihr gelang, am Eingang zu stoppen. Das Tor war großbreit und stand jederzeit Habersakern offen. Sie spurtete die Kirchturmtreppe hoch und nahm in der Turmspitze im Wachsessel Platz.

Rosalin stülpte die Fernrohrmaske über den Kopf. Ein Spezialgerät aus Verhaftichwohls Erfinderschmiede. Danach stöpselte sie die Kabel der Schalttafel auf ihren Namen um. Für jedes Dorfschulkind, das Wache schob, gab es Suchseheinstellungen, die Optiker Sehsehrscharf monatlich kontrollierte.

Aufmerksam suchte sie mit dem Gerät das Tal ab. Vier Fingerbreit stand die Sonne über den Bergen. Wilinor hatte genug Blasattacken gepustet. Kein Windhauch war zu spüren. Es war friedlich und still rund um Habersak. Rosalin war froh, keinen Gryklonen im Sucher zu sehen.

In der Schule lernten sie, dass Gryklonen nachtaktiv waren und von weitem leicht zu erkennen. Um Hände und Kopf der Krieger schwirrten die leuchtenden Haustierchen. Am letzten Freitag des Monats war nach dem Untergehen der Sonne Habersak in Gefahr. An den anderen Wochentagen war nichts zu befürchten. Tagsüber bei Sonnenschein und an Nicht-Letztfreitagen war das Dämonenheer mit Alltagsarbeiten beschäftigt. Sie lebten auf der Burgruine Hattersberg, die einst als sicherste und größte Wehranlage in der Gegend galt.

Laut Geschichtslehrer Historiusmuss waren Gryklonen ein fleißiges, träges und genügsames Völkchen. Allerdings war ihr Anführer, Heinrich von Bing, den Frau Habersak Gevatter Nomäd getauft hatte, dem Wahn erlegen, Habersak zu vernichten. Natürlich würde ihm das nicht glücken. Nicht an diesem Letztfreitag und keinem der kommenden, stand in den Geschichtsbüchern geschrieben.

Dennoch war Rosalin bei ihrem Wachdienst konzentriert. Sie ließ den Kopf mit den abstehenden Fernrohren über die Landschaft schweifen. Die Sonne war vollständig untergegangen. Dunkelheit legte sich über das Tal. Wenn Gryklonen einen Angriff planten, war jetzt der Zeitpunkt dafür. Sie hielt den Atem an. Etwas bewegte sich am Rande der Blumenwiese. Sie stand auf und schwenkte den Kopf ein Stückchen weiter. Jetzt war sie sich sicher. Eine Gestalt mit drei leuchtenden Kreisen schwebte den Berg herab.

»Ah je!«, schrie sie und riss die Maske vom Kopf.

Als kurz darauf die Tür zur Schulaula aufgerissen wurde, staunten alle. Dem Wellenstirnrunzeln nach kam Rosalin nicht mit einer Entwarnung vom Einsatz zurück. Kellenschwinger schielte auf die Kugel Zitronenmousseparadiesapfel im Thermoeisbecher, die er zur Belohnung für das wachhabende Kind vorbereitet hatte.

Atemlos vom Zickzacklauf warnte Rosalin die Bewohner: »Er kommt!«

»Wer, Kind?«, fragte Frau Habersak.

»Gevatter Nomäd kommt«, verbesserte Rosalin sich.

»Aus den Bergen?«, schrie Machichweg entsetzt.

»Woher denn sonst?!«, kommentierte der oberste Ordnungshüter.

Kein äh oder oh entschlüpfte Frau Habersaks rundgekreisten Lippen. Unhörbar für die anderen flüsterte sie sich zu, ruhig zu bleiben. Da war kein Anlass zur Sorge. Gevatter Nomäd war stets ein umgänglicher und berechenbarer Dämonenführer gewesen. Habersaks Bedrohung am letzten Freitag war ärgerlich, aber alles in allem erträglich. Nicht ohne Hintergedanken hatte sie die Habersak Freudenstunden auf den Freitag gelegt. Mit den Heldengeschichten waren die Kinder für die Bibberminuten am Abend gewappnet. Im Prinzip erfüllte Gevatter Nomäd seine Aufgabe als böse Macht ganz ordentlich und zufriedenstellend.

Sorge bereitete ihr, dass Donaldo mit Heikko nicht im Dorf war. Wenn die beiden tatsächlich zum Wald gegangen waren, waren sie den Gryklonen gefährlich nahe. Sie sah in die Augen der verwirrten Kinder und Erwachsenen. Niemand, eingeschlossen sie selbst, war Gevatter Nomäd je begegnet. Höchste Zeit, ihn kennenzulernen, beschloss sie.

Sie sprang auf und sorgte für Ruhe.

»Zwei aus Habersak sind nicht im Dorf.« Sie hob das Schwarzpapier mit der Botschaft aus der Scheune in die Luft. »Heikko und Donaldo sind in den Wald gegangen«, schockierte sie die Versammlung. »Keine Sorge! Frau Habersak hat schon eine Idee. Sie übernimmt das. Alle hiergeblieben, setzen, entspannen, Spiele spielen, was immer machen und lassen.«

Schnell befohlen und noch schneller war sie durch den Saal geeilt.

Frau Habersak hüpfte meterhoch Richtung Marktplatz. In luftiger Höhe sah sie zu ihrer Erleichterung, wie Donaldo das Dorf erreichte. Den dritten Satz des Dreisprungs erklärte sie zum Freudensprung und landete direkt neben ihm.

Donaldo stand an der Eisdiele und starrte in Kellenschwingers Schaufenster. Der Eiskünstler hatte liebreiche Kreationen mit speichelflussfördernden Namen ausgestellt.

»Na, mein Ausreißer«, sprach sie ihn freundlichst an. »War der Ausflug mit Heikko so beschwerlich? Verlangt dein Bäuchelein nach Füllung?«

Donaldo blickte zur Seite. »Frau Habersak, ich ... Es tut mir leid ... Ich wollte meinen Strohhalm suchen, da bin ich Nyl und Mark im Wald begegnet.« Er schluckte. »Die zwei sind Heikko zur Burg gefolgt.«

»Heikko ist zur Burg?«, wunderte sie sich.

Donaldo nickte und bibberte gleichzeitig. In Frau Habersaks Rücken baute sich eine Gestalt auf. Er streckte den Finger aus und deutete darauf.

Da erklang schon die grobfiese Stimme: »Frau Habersak, auf ein Wort.«

Frau Habersak ließ sich Zeit. Nur keine Neugier zugeben, sagte sie sich.

»Frau Habersak«, wiederholte die Stimme grobfiesiger. »Auf ein Wort.«

Nun denn, seufzte Frau Habersak zu sich. Dann schnellte sie den Oberkörper herum und gab zu viel Wucht in die Bewegung. Sie wand sich einige Mal um die eigene Achse, bis der Kopf in der gewünschten Richtung zum Halten kam.

»Was wollt Ihr?! Verzieht Euch! In Habersak habt Ihr nichts verloren«, zischte sie und entschlingelte sich dabei.

22

Gevatter Nomäds Kopf und Hände leuchteten in einem Wabberglühlicht. Sagen und Geschichten nach waren Gryklonen vernarrt in Glühwürmer und hielten sie als Haustiere. Normalerweise glühten die Flugkäfer nur an bestimmten Tagen im Jahr. Doch Gevatter Nomäd brachte sie dazu, das ganze Jahr über zu leuchten. Er und seine Krieger zähmten die putzigen Wesen in den Katakomben der Burgruine. Laut Herrn Quadratnulls letzter Hochzählung lebten über hunderttausend Leuchtkrieger in den Bergen. Jeder Krieger nannte drei Schwärme sein Eigen. Mit dem Dressurprozess waren Habersaks Gegenspieler die meiste Zeit über beschäftigt.

Frau Habersak musterte den Anführer, der grimmiglächerlich in einer absonderlich bös wirkenden Rüstung vor ihr stand.

Der kleingeratene Hüne, der Habersak in Schutt und Asche legen wollte, trug kein Schuhwerk an den Füßen. »Für Rüstschuhe wohl keine Idee gehabt?«, fragte sie.

Gevatter Nomäd reagierte verwirrt über die Frage. »Meinen Sie meine Rüstung?«

»Selbstgeschneidert, nehme ich an?«, fragte sie.

»Selbstredend, die Rüstung ist ein Unikat, wie ein jedes meiner Krieger. Steinblechplatten und elastische Baumrinde, eine Eigenkreation«, erklärte er stolz.

Sie nickte anerkennend. Mit dem Schneidern der Kostümierung verbrachten sie wohl den Rest der übrig gebliebenen wenigen Zeit, dachte sie.

»Junge, verschwinde!«, schleuderte der Gevatter unvermittelt durch die Steingesichtsmaske.

Donaldo erstarrte vor Schreck. Frau Habersak warf dem Dämon einen krummmahnenden Blick zu und kniete sich zu Donaldo. »Geh nur, geh zur Aula«, beruhigte sie ihn. »Die anderen sind dort. Hab alles, nur keine Angst, ja? Sag ihnen, dass ich mich um alles kümmere.«

»Ich habe keine Angst.«

»Geh jetzt, geh zu den anderen. Und hab keine Angst.«

Donaldo verstand, dass Frau Habersak nicht zuhörte und weiter zu reden keinen Sinn machte. Schnell umarmte er sie und rannte davon.

Als Donaldo in Sicherheit war, erlaubte Frau Habersak ihrer Wut wütend zu sein: »Macht den Mund zu, Bosheit. Sonst leuchten die Glühwürmchen in Eure dunkle Seele!«

»Hat Sie der Junge gerade umarmt?«, fragte er erstaunt.

»Mark hat das Umarmdings und Nyl Kopftuchmode eingeführt«, sagte sie. »Sind die zwei auf der Burg? Zurück bei ihrer Klasse?«

»Winzlinge lungern ständig auf der Burg herum. Wen interessieren zwei Schulkinder?«, fragte er teilnahmslos. »Mich nicht!«

»Aber mich!«, versetzte Frau Habersak wutenflammt. »Danke für den Besuch! Zurück in die Berge! Unwesen treiben – aber von weit weg!«

Gevatter Nomäd lachte wie von Sinnen und lüftete die Maske. Er entließ einen Strahl Glühwürmchen in Frau Habersaks Richtung. Die Tierchen umkreisten sie.

»Sehen Sie, ist das nicht schön?«, sagte er von sich eingenommen und klimperte mit den Fingern in der Luft. Die Tierchen reagierten auf die Bewegung und flogen zu ihm zurück. Sie kreisten in Formation über seinen Kopf. Im Uhrzeigersinn, wie Frau Habersak auffiel.

»Meine Liebchen verstehen mich und gehorchen mir«, schrie er. »Der Tag sei verflucht, an dem Sie dem Sohn meines Fürsten begegnet sind«, plärrkrakelte er unvermittelt. »Sie sind die Bauernmagd, nach der ich mein Leben lang suche!«

Frau Habersak hechelatmete. »Sehe ich wie eine Magd aus? Weitersuchen! Auf! Auf!«

Gevatter Nomäd scherte sich nicht um Frau Habersaks Anordnung. An diesem Letztfreitag wollte er die Aufgabe, die ihm Fürst Hattersberg übertragen hatte, endlich zu einem Ende bringen. Er riss den Panzer auf. Millionen von Glühwürmchen krabbelten über seinen Körper, versammelten sich um seinen Kopf zu einer Kugel und schwirrten in Attackenformation los.

»Fingerbewegen Sie die Glühdingstierchen zurück! Was erlauben Sie sich!?«, befahl Frau Habersak.

Sie wehrte sich gegen den Angriff der Glühwürmchenarmee so gut sie konnte. Sie pustete Luftabwehrströme aus jeder Hautpore und den Nasenlöchern und fuchtelte mit Händen und Füßen. Doch binnen weniger Sekunden war sie von den Glühwürmchen vollkommen eingehüllt. Unter ihren Füßen bildeten sich Glitzersäulen. Sie wurde nach oben gehoben, als würde sie auf Stelzen stehen.

Gevatter Nomäd hustete breitschäbig. »Meine Liebchen«, sagte er glücklich. »Zurück in die Katakomben.«

Der Glühwürmchenschwarm schwebte mit Frau Habersak in der Mitte los. Im Summen der fliegenden Würmchen hörte niemand ihr Geschimpfe.

Ein einziger Bewohner war Zeuge des schrecklichschönen Schauspiels. Donaldo war nicht zur Aula gegangen, wie Frau Habersak ihm aufgetragen hatte. Er stand im Portal der Dorfkirche und beobachtete, wie sie vor Wut kreisschäumte. Sie zappelte mit Armen und Beinen, schien zu schimpfen und zu schreien. Donaldo hielt die Hände vor den Mund, um sich nicht mit einem Schrei zu verraten.

Nach einem anstrengenden Fußmarsch erreichten Mark und Nyl mit Hengst Heikko das Ende des Trampelfpfades. Der Vierbeiner wieherte und wackelte mit dem Kopf am baumstammdicken Hals.

»Was will er?«, fragte Mark Nyl.

»Hoch zur Burg«, sagte Nyl.

»Über das Plateau, wie denn?«

»Weiß nicht.«

In dem Moment, als Heikko mit den Stadtkindern die Felsplatte erreichte, wurde ihm bewusst, wie aussichtlos das Unterfangen war, dass er sich in den Kopf gesetzt hatte. Er wollte sich von den Bälgern nach oben hieven lassen. *Lächerlich!*, gedankenwieherte er. Ganze zwei! Ein Paar! Ganz Habersak war vonnöten, um ihn da hoch zu bringen. Doch als Wachposten konnten sie ihm von Nutzen sein, kam ihm in den Sinn. Der Dolmetscher war in die Aula zur Notversammlung gelaufen, Donaldo konnte nicht für ihn übersetzen. Er schob mit dem Kopf die beiden zum Felsen, in der Hoffnung, sie würden verstehen, was er von ihnen wollte.

»Er will, dass wir hochklettern«, sagte Nyl.

Heikko jawieherte und kopfwackelte.

»Müssen sowieso dort hoch, wenn wir zur Klasse zurückwollen«, meinte Mark. Er hatte es mit den Ästen des riesigen Baumes aufgenommen, vor dem Felsen fürchtete er sich nicht. »Geh mir nach«, sagte er und kletterte los.

Mit neidischem Blick verfolgte Heikko, wie Mark zuerst das Plateau erreichte und Nyl behilflich war.

Oben angekommen fasste Mark Nyls Hand und bemerkte, wie sich das Kopftuch verschob. Schnell hielt sie den Stoff fest, um ihm nicht ihr Haar sehen zu lassen. Doch Mark versuchte gar nicht, herauszubekommen, was Nyl für sich behalten wollte. Er wandte den Kopf zu Seite und zog sie mit einem kräftigen Ruck nach oben. Kaum stand Nyl bei Mark, wieherte das Pferd und galoppierte den Trampelpfad zurück.

»Er wird wohl zur Notversammlung, oder?«, fragte er Nyl.

»Denke ich auch«, sagte Nyl und deutete zum Mauerloch, aus dem ein schummriges Licht strahlte. »Da vorne sind wir aus der Burg gekrochen.«

»Gehen wir zurück?«, fragte Mark.

»Heikko wird uns nicht ohne Grund hier hochgeschickt haben«, entgegnete Nyl. »Wenn's diesen Gevatter wirklich gibt, ist Habersak in Gefahr.«

»Nomäd«, half Mark ihr auf die Sprünge. »Er heißt Gevatter Nomäd.«

In der Schulaula waren die Habersaker indessen übereingekommen, dass Frau Habersak die Angelegenheit mit Gevatter Nomäd bald geregelt haben würde. Die Kinder waren in ihrem Klassenraum, die Erwachsenen machten es sich in der Mensa gemütlich, wo Schulkoch Essargviel auf die Schnelle Burger Margaritha auf den Speiseplan setzte. Verhaftichwohl stellte beim Zupfen der Salatblätter die Vermutung an, dass Frau Habersak in Gevatter Nomäds Bann geraten sein könnte. Den Furchtgedanken teilte er mit dem Schulhausmeister, der Tomaten zu Ketchup presste. Vor Sorgfurcht fiel er in Ohnmacht und erwachte sogleich wieder, da Wohlliebduft aus Rauch und Feuer in seine Nase stieg.

Die Dorfschmiedin, die wegen des Schrillpfiffs keine Zeit für Körpersäuberungsmaßnahmen hatte, tätschelte seine Wangen. Als sie spürte, wie gern sie den furchtreichen Schotten hatte, entströmten aus ihren Poren die liebschmeichelnden Aromen ihrer Feuerschmiede. Die Erwachsenen versammelten sich um das frisch verliebte Paar. Gemeinsam gratulierten und überlegten sie, wann und wo die Feierlichkeit des Frischverliebtseins stattfinden könnte.

Donaldo stürmte zur exakt derselben Zeit über den Hintereingang in das Schulgebäude, rannte in den ersten Stock und riss die Tür zum Klassenraum auf. Er war schwer außer Atem und gaffte die Dorfkinder an. Sie saßen um einen Wassertrog, eine jede und ein jeder mit Strohhalm im Mund. Ein Blubbern und saugen erfüllte den Raum.

»Seht ihr, Frau Habersak macht das, wenn sie sagt, sie macht das«, sagte Bertrane beim gemeinsamen Strudeln. »Donaldo ist zurück.«

Rosalin zog den Strohhalm aus dem Wasser. »Wann wohl Verhaftichwohl und Schmelzichweich endlich zusammenkommen? Würde gutschön passen mit den Zweien«, grinste sie.

Alle kicherten reihum.

»Wollen wir ein Spiel spielen? Was meint ihr?«, fragte Yarok.

»Auf gar keinen Fall!«, haspelte Donaldo.

Mehr brachte er nicht heraus. Er brauchte mehrere Atemzüge, bis er aussprechen konnte, was alle in Angst und Schrecken versetzte. »Frau Habersak ist von Gevatter Nomäd entführt worden!«

»Was?«, unichorkrakälten die Schülerinnen und Schüler.

»Wir müssen sie retten! Wir müssen zur Burg«, schrie Donaldo.

Die Kinder strudelten ein letztes Mal und standen auf. »Von uns kennt niemand den Weg zu Burg«, sagte Yarok.

»Doch ich, jedenfalls ungefähr«, erwiderte Donaldo unsicher.

Nachdem die Kinder die Erwachsenen beim Burgeressen auf frischer Tat ertappt und über die Entführung informiert hatten, nahmen die meisten die Habersak'sche Anordnung, nichts zu tun, nicht mehr ernst.

»Was sollen wir Habersaker gegen die Gryklonen ausrichten?«, fürchtete sich der Schulhausmeister. »Sollten wir nicht lieber ein Spiel spielen?«

Der tadelnde Blick der Dorfschmiedin ließ ihn umdenken.

Er nahm seinen wenigen Mut zusammen und überraschte alle: »Von meinem Vater kenne ich eine Abkürzung zur Burg. Bräuchten aber Licht.«

Verlegen blickte er in Schmelzichweichs Stolzstrahlen, das ganz alleine ihm galt. Die voll liebe Anerkennung machte ihn von einem Moment zum anderen zum Mutigsten aller Habersaker. Er zog die viertel Halbhose über die wabberweichen Knie und stampfte los.

Geschäftig wie ein Verkehrspolizist beim Regeln einer zehnfachen Kreuzung, übernahm Verhaftichwohl die Organisation der Befreiungsaktion. Die Bewohner liefen in ihre Schreberhäuser. Sie holten Lampions und Taschenlampen. Die Dorfschmiedin machte aus Holzscheiten und Stoffresten Fackeln. Für ihren Liebsten fertigte sie eine kurzflammige, aus Sorge, er könne sich das Gesicht rösten.

Vorbildlich stand Verhaftichwohl als erster am Marktplatz, wo sich alle zum Abmarsch versammelten. Die Lichtschirmkappe auf seinem Kopf war ein weltweit einmaliges Exemplar, das er für nächtliche Verfolgungen konstruiert hatte.

Der Schulhausmeister erinnerte sich an eine ganz besonders gruselige Geschichte seines Vaters, die er vom Wald und der Burg erzählt hatte. In dieser entdeckte ein Junge einen geheimen Weg, der über ein Plateau zur Burg führe. Mit der Wegbeschreibung setzte sich der Zug der Habersaker in Bewegung. Bei dem Marsch schwiegen alle. Es war ein Schweigen, das mit der

Hoffnung erfüllt war, Frau Habersak unversehrt nach Hause zu holen. Sorge und Angst reicherte die bedrückende Stimmung an. Keiner von ihnen war jemals durch den sonderbaren Wald gegangen. Keiner hatte je einen Fuß auf die Hattersberg Burg gesetzt. Alle horrormalten sich die Schlacht mit Gevatter Nomäd und den Gryklonenkriegern aus.

Donaldo marschierte mit einer Fackel neben Verhaftichwohl in vorderster Reihe.

»Herr Verhaftichwohl«, machte er ihn auf sich aufmerksam. »Wollte Ihnen noch was sagen. Heikko hat Nyl und Mark zur Burg mitgenommen.«

Habersaks oberster Ordnungshüter blendete vor Schreck den Jungen mit dem Lichterstrahl. Das Zuckauge zitterte, während sich ein Lächeln über sein Gesicht legte.

»Heikko ist bei der Burg?«

Ein Wiehern schallte ihnen entgegen und kurz darauf erschien der Hengst.

»Sieh einer an«, freute sich Verhaftichwohl. »Da ist ja der zweite Ausreißer! Jetzt sind wir alle wieder vereint.«

»Frau Habersak haben Sie vergessen.«

Verhaftichwohl hielt sich das zuckende Auge. Welch Peinlichkeit, Frau Habersak zu vergessen.

Es war stockdunkle Nacht geworden, als Nyl und Mark sich zu Boden warfen und den Berghang hinunter spähten. Eine Art Leuchtmasse näherte sich dem Plateau, auf dem sie sich befanden.

»Was ist das?«, fragte Mark und spürte einen Moment später Nyls salzsüßwarme Hand auf seinem Mund. Sie zog ihn mit sich hinter einen Busch.

»Sei leise«, flüsterte sie. »Sieht gefährlich aus.«

Beide rissen vor Staunen die Augen auf. Das war kein Suchtrupp, der Ausschau nach ihnen hielt, wie sie angenommen hatten. Niemand vermisste sie, nicht die Klassenlehrerin, kein Mitschüler, niemand schien sich Sorgen um sie zu machen. Die im wabernden Lichtpunktmeer schwebende Frau Habersak kam immer näher auf sie zu.

»Wow!«, staunte Mark. »Sie fliegt ja! Was ist das?«

»Mark!«, flüsterte Nyl genervt. »Das sind die Haustiere der

Gryklonen! Hast du nicht zugehört, was Donaldo erzählt hat. Sie ist in Gefahr!«

Der Glühwürmchenschwarm flog träge wie ein Heißluftballon über den Rand des Plateaus. Mittendrin kreiste Frau Habersak mit Armen und Beinen, hüpfte und boxte gegen die Wand aus glühenden Würmchen.

Hinter dem Busch kauernd, Körper an Körper, versuchten Mark und Nyl zu verstehen, was sie brüllte.

»Was schimpft sie?«, fragte Mark.

Nyl formte mit den Lippen die dumpfen Laute nach. »Ihr kommt alle in die nächste Freitagssuppe.«

Mark grinste. »Passt zu ihr.«

Der Schwarm erreichte die Burgmauer und verschwand in gemächlichem Tempo hinter den Zinnen.

»Los!«, flüsterte Nyl.

»Was hast du vor?«

»Wir können doch Frau Habersak nicht ihrem Schicksal überlassen.«

Die beiden liefen zu den losen Steinen in der Wehrmauer und krochen durch das Mauerloch zurück in das Innere der Burg. Die Katakomben waren voller Tierchen, die die Gänge zum Strahlen brachten, als ginge die Morgensonne im Untergrund auf. Nyl und Mark erkannten den Gang wieder, durch den der Würmchenschwarm Frau Habersak transportierte. Die zwei waren verblüfft, als sie die Gefangene in den Hattersberg Kerker brachten.

Gleich darauf erschien eine Gestalt in eigenwilliger Rüstung.

Er klimperte mit den Fingern, als würde er Luftklavier spielen. »Meine Liebchen«, sagte er. »Ab ins Gewölbe, ich bin gleich bei euch.«

Wie Wunderkerzen, die gleichzeitig mit einem Laternenpfahl großen Zündholz angezündet werden, glühten die Würmchen für einen Moment auf und flogen dunkler werdend davon.

Die zwei lauschten und verstanden jedes Wort der Gestalt in der Rüstung.

»Ich, Heinrich von Bing, der treueste und ergebenste Vasall des Fürsten von Hattersberg, gab dem Erlauchten am Sterbebett ein Versprechen«, sprach Gevatter Nomäd mit rachreibig röhrender Stimme zu Frau Habersak im Kerker. Er hustete und fügte rausäuselnd hinzu: »Der Tag ist gekommen, da ich das Versprechen einlöse: Nach jahrhundertlanger Suche habe ich die Bauernmagd gefunden und in den Kerker gesperrt, wie der Fürstenvater von mir verlangte« Seine Hände umklammerten die Gitterstäbe. »Die Suche hat mich in den Wahnsinn getrieben. Sie und Habersak, all das existiert doch nicht! Das ist alles mein Hirngespinst! Was mein ist, kann ich kaputt machen! Jetzt ist Schluss, Frau Habersak! Ich will wieder normal sein!«

Mit den Worten drehte er auf dem Absatz um. Er schleppte sich einige Schritte vorwärts und kehrte zurück. Er schloss den Kerker ab und steckte den Schlüssel in seine Rüstung.

Mark und Nyl beobachteten die Gestalt, die nach Donaldos Beschreibung niemand anderer als Gevatter Nomäd sein konnte.

»Das ist ja schlimm«, flüsterte Mark. »Das ist der Vasall, von dem die Lehrerin erzählt hat.«

Die Gestalt tänzelte siegesgewiss davon und verschwand um die Ecke.

»Er hat den Verstand verloren. Davon hat Frau Herrlich nichts erzählt«, meinte Mark.

»Wir müssen Frau Habersak befreien«, flüsterte Nyl zurück.

»Ist dir aufgefallen, dass sie nichts gesagt hat?«, bemerkte Mark.

Im Leuchtballon hatte sie geschrien wie ein Spatz, der in einem Rohr verheddert war. Frau Habersak und Stummschweigen? Das passte nicht zusammen.

Ein Wimmern drang aus dem Kerker.

Sie huschten durch den Gang und stellten sich vor die Gitterstäbe.

Frau Habersak stand mit geneigtem Kopf in der Zelle und weinte.

»Frau Habersak«, sagte Nyl. »Was ist mit Ihnen?«

»Geht, lasst mich in Ruhe«, schluchzte sie.

Hengst Heikko hatte indessen die Habersaker Dorfgemeinschaft bis zum Ende des Trampelpfades geführt. Wieder blieb der Vierbeiner an der für ihn unüberwindbaren Felsplatte stehen. *Ob er sie fragen sollte, ihm hinauf zu helfen?*, überlegte er. Derzeit hatte er einige Kilo zu viel auf den Rippen, sinnierte er und dachte über die möglicherweise peinliche Situation nach. Zu lange nachgedacht. Schon war die Plateaubesteigung vorüber. Alle Habersaker hatten die Felsplatte überwunden.

Oben auf dem Plateau war sich Verhaftichwohl über den nächsten Schritt seines Schlachtplanes nicht im Klaren. Wie Frau Habersak retten? Wie die Ritterburg einnehmen? Wie ankommen gegen das übermächtige Heer Gryklonenkrieger? Der Zugang in die Wehranlage war versperrt. Gespickt mit kunstvoll eingeschobenen Pausen, dachte er über die rätselverzwickte Aufgabe nach.

Einen Kieselsteinwurf entfernt kniete Donaldo am Felsvorsprung und nahm Heikkos Auftrag entgegen. Schnelligkeit war keine Stärke des Kissenbäuchlers, er schritt gemütlich zu Verhaftichwohl und bat ihn um ein Gespräch unter vier Ohren.

Sie suchten sich einen Platz abseits der Habersaker und Donaldo eröffnete zögerlich: »Ich soll Ihnen ausrichten …«.

Der Ordnungshüter unterbrach ihn ungeduldigst. »Gefahr in Verzug. Berichte kurz, knapp, klar.«

Daraufhin schnellte Donaldo die Worte heraus: »Grüße von Heikko von Hattersberg. Er will Sie sprechen.«

»Wie bitte?«

Ungläubig drehte sich Verhaftichwohl zum Hengst, der ihn anwieherte, als erteile er ihm einen Befehl.

»Du verstehst das Tier?«, fragte Verhaftichwohl verunsichert.

»Wenn er nicht gestelzt adlig redet, jedes Wort.«

»Was du nicht sagst?«

»Reden Sie mit ihm, ich kann übersetzen, was er sagt.«

»Tatsächlich?«

»Aber ja.«

»Aber nein!« erwiderte Verhaftichwohl kategorisch.

Da wieherte Heikko.

Verhaftichwohl blickte das Tier, dann Donaldo an. »Was hat er gesagt, äh, gewiehert?«

»Er hat einen Plan.«

»Welchen Plan?«

Ein weiteres Mal hallte Heikkos Wiehern über das Plateau.

25

Donaldo bemerkte schnell, dass von einem Gespräch nicht die Rede sein konnte. Hengst Heikko gebar sich wie ein Feldherr, der seine Ansichten einem untergebenen Offizier mitteilte. Obwohl sich Habersaks oberster Ordnungshüter gekränkt fühlte, hörte er sich Heikkos Schlachtplan an, schüttelte aber den Kopf und sagte ohne den Anflug einer Pause: »Unmöglich, Eure hochadlige Tierheit.«

Die Hände auf den Rücken verschränkt, ließ er Heikko zurück. Er hatte sich längst zurechtgelegt, wie er Frau Habersak rettete. Ihm war in der allerletzten Gehirnwindung eine alte Kriegslist in den Sinn gekommen. Sie besagte, dass Angriff die beste Verteidigung sei. Von diesem leitete er seinen eigenen Plan ab: Einnehmen ist die beste Befreiung.

»Alle Habersaker zum Mauerloch! Wir nehmen die Ritterburg ein und befreien Frau Habersak!«, befahl er.

Gleich darauf zwängten sich die zweiundvierzig Schüler durch das Mauerloch, das Nyl und Mark benutzt hatten. Die Erwachsenen wollten ihnen folgen. Doch sie waren zu groß und zu breit, manche zu lang oder zu kurz. Niemand der Großen passte hindurch. Nachdem alle Kinder in der Burg waren, gab Verhaftichwohl den zurückgebliebenen Erwachsenen die Anweisung, sich in Formation zu begeben.

In Erwartung des Gryklonenheeres, das mit Kampfgeschrei über sie herfallen würde, stellten sie sich in Zweierreihen auf und gaben sich die Hände.

»Uns fehlen Waffen«, stellte die Dorfschmiedin fest und drückte die schottenrocktätowierte Hand des Schulhausmeisters.

»Ach, was!«, beruhigte der Schulhausmeister sie.

Daraufhin holten die Frauen Eisenpfannen aus den mitgebrachten Taschen und die Männer hoben die blanken Fäuste.

Ein Wiehern ließ sie vor Schreck aufschreien. Alle drehten sich zu Hengst Heikko, der sich wie ein Zirkuspferd aufbäumte und die Hufe kreisen ließ. Verhaftichwohl kehrte in sich, pausierte hie und da, bis er genug von den eigenen Pausen hatte und zu sich sagte: »Mein Schlachtplan ist ja nicht aufgegangen. Ein von Hattersberg wird wohl wissen, was zu tun ist.« Sodann streckte er den Oberkörper durch, um einen in den Ohren der Habersaker unglaublich dümmlichen Auftrag zu erteilen: »Wir hieven Hengst Heikko auf das Plateau. Abmarsch! Alle an das Pferd!«

Zur selben Zeit entenmarschierten die Dorfschüler die Gänge der Katakomben entlang. Donaldo erreichte als erster ein offenstehendes Eisentor. Die Kinder blickten durch den Spalt in ein

Gewölbe. In dem riesigen Raum zeigte sich ihnen eine schreckfinstere Welt.

Gevatter Nomäd stand in der Mitte des Gewölbes, das bis unter die Decke mit Waffen gefüllt war. Kriegshammer, Schwerter, Doppelkopfäxte und Stichwaffen in allen handlichen und überdimensionierten Größen hingen an den Wänden. Die Kinder schluckten betroffen und kauerten zusammen, als der Gevatter ein doppelschneidiges Spitzschwert in die Luft streckte. Sofort flogen Glühwürmchen herbei und umkreisten die Waffe. Als das Schwert umhüllt war, schwebte es aus der Hand des Anführers. Wie ein Dirigent machte Nomäd weiter. Im Takt der Bewegungen seiner Hände und Finger tauchten Glüheinheiten auf. Die Kinder hatten das Gefühl, einem Ballett zuzusehen. Die Tierchen umhüllten eine Waffe nach der anderen und lösten sich mit ihrer Fracht von der Wand. Sobald das Arsenal in der Luft schwebte, gab Nomäd mit einem Schwung die Richtung vor. In Reih und Glied stoben die leuchtenden Dämonen mit den todbringenden Waffen davon.

»Ist ja falsch, was wir gelernt haben! Gibt kein Gryklonenheer. Die Glühwürmchen sind die Krieger«, flüsterte Yarok erschrocken. »Gevatter Nomäd ist allein.«

»Trotzdem haben wir keine Chance«, sagte Donaldo. »Er hat sie dressiert. Sie tun, was er ihnen mit seinen Fingern …«

»Luftklimpert«, vollendete Rosalin.

»Was machen wir jetzt?«, fragte Bertrane.

In dem Moment drehte sich der Dämonenführer um. Die Kinder erschraken und rannten auf allerleisesten Sohlen davon.

Nur Donaldo blieb wie versteinert zurück. Unbemerkt verfolgte er, wie die Tierchen Gevatter Nomäd umringten. Mit geschlossenen Augen und dumpfherzlichem Lachen genoss der Anführer das Schwirrkitzlen auf dem Gesicht.

»Hört auf, Liebchen«, brummkicherte er geschmeichelt. »Genug gespielt. Die Zeit drängt. Heute ist der große Tag. Heute ist das Ende von Frau Habersak und ihrem Dorf.«

Mit Schreckgesicht zog Donaldo sich geräuschlos zurück. Am anderen Ende des Ganges standen Nyl und Mark. Sie winkten ihn zu sich. Als Donaldo sie erreichte, tauchten die anderen einundvierzig Kinder auf. Sie hatten sich aus Furcht vor dem Dämon in Nischen versteckt.

»Wir müssen schnelligst etwas tun!«, sagte Bertrane.

»Lasst uns das Eisentor verschließen. Dann sind sie weggesperrt«, schlug Yarok vor.

Rosalin verdrehte die Augen. »Schlechter Plan! Die Würmchen hebeln in Nullkommabisschen was das Tor aus. Funktioniert nicht.«

Mark übernahm das Wort. »Kommt, wir fragen Frau Habersak nach einer Idee. Es geht ihr aber nicht gut.«

Die männlichen Habersaker standen derweilen hinter Hengst Heikko und schoben ihn mit vereinten Kräften an. Auf dem Plateau zogen die weiblichen Habersaker an den Zügelenden. Verhaftichwohl gab den Takt für die Schieb-Zieh-Aktion mit einem Klatschen vor. Nach relativ langer Zeit vollendeten die Habersakerinnen mit einem letzten Ruckschub ihr Gemeinschaftswerk.

Hengst Heikko überwand die Felsplatten und stand auf dem Plateau.

Die erwachsenen Dorfbewohner feierten ihren Erfolg mit leisjubeligen Jauchzern. Immerhin hatten sie jetzt ein Schlachtross, das ihnen beim Kampf zur Seite stand.

Auf wackeligen Beinen graste das stolze Tier, ohne sich die Freude anmerken zu lassen. Wie erleichtert Heikko war, mit heiler Hengsthaut das waghalsige Manöver überstanden zu haben, wollte und konnte er niemanden anvertrauen. *Wo ist der Kissenbäuchler denn?*, fragt er sich. Wie sollte er ohne Dolmetscher den Habersakern seinen rossgenialen Schlachtplan zur Rettung Frau Habersaks unterbreiten?

Der von Heikko dringend gebrauchte Donaldo war bei seinen Freunden. Die Dorfschulkinder, zusammen mit Nyl und Mark, standen an den Gitterstäben vor dem Kerker, in dem der Fürstensohn von Hattersberg Tag für Tag und Nacht für Nacht in Gefangenschaft verbracht hatte. Der Kerker war herrschaftlich eingerichtet. Ein nobler Tisch und ein Plüschsessel befanden sich darin. An der Decke hing ein kostbarer Kronleuchter. Ganz hinten stand eine massive Bettstatt, auf dem Frau Habersak lag und mit gläsernen Augen an die Decke starrte.

»Sie hat ganz viel geweint«, sagte Nyl, »obwohl Mark glaubt, dass sie gar keine Tränen mehr übrig hat zum Traurigsein.«

»Wisst ihr, wann und wie Frau Habersak nach Habersak gekommen ist?«, fragte Mark.

Bei den Worten schnellte Frau Habersak wie ein Katapult nach oben und flüsterte, um Gevatter Nomäd nicht auf sie aufmerksam zu machen. »Wie ich nach Habersak gekommen bin, erzähle ich euch bei der nächsten Freudenstunde.« Sie räusperte sich leise. »Ich war in Erinnerungen, deshalb der Anfall von Traurigkeit.« Sie räusperte sich noch leiser. »Darf ich euch in den Arm nehmen? Alle vierundvierzig?«

Sie trat ganz nah an die Stäbe. Yarok blickte zu ihr hoch. Der Wunsch, Frau Habersak zu trösten war so groß, dass er nicht lange fackelte. Zwar war er der kleinste von allen, aber seine Kräfte konnten sich sehen lassen. Er begann an der Tür zu rütteln. »Helft mit!«, forderte er die anderen auf.

Achtundachtzig Kinderhände packten gleichzeitig an. Vorsichtig rüttelschüttelten und wackelzogen sie, bis die Kerkertür wie ein lästiger Milchzahn aus den Angeln gehoben war. Sie traten nacheinander in die Zelle.

Dort breitete Frau Habersak die Arme aus, weit, ganz weit, bis sie mit den Fingerspitzen die Kerkerwände berührte.

Da drang plötzlich ein Surren zu ihnen. Die Glühwürmchen summten bedrohlich, als hätten sie einen Kriegsschrei einstudiert. Die Waffen schwebten von den Würmchen getragen den Gang hindurch. Ein angstinshirnflößender, nicht endender Strom zog an ihnen vorbei.

»Umarmdings holen wir nach, Kinder«, unterbrach Frau Habersak das Gemeinsamknuddeln. »Hat jemand eine Idee, wie wir die armen, versklavten Würmchen davon abhalten, unser Habersak zu zerstören?«

»Haben Sie denn keine Idee?«, wunderte sich Nyl.

Frau Habersak überlegte. »Hau mir ab ... Frau Habersak! Mir fällt nichts ein!«

Donaldo trat hervor und blickte in die Runde. »Ich habe eine Nachricht für Sie. Von Hengst Heikko.«

»Von Hengst Heikko?«, fragten die Kinder durcheinander und richteten die Augen auf ihn.

Frau Habersak zwinkerte ihm zu. »Donaldo! Schnell. Lass hören!«

Das Stampfen von Eisenschuhen polterte durch den Gang. Alle Ohrenpaare spitzhorchten, alle Augenpaare schlossen sich im Verlies. Gleich darauf baute sich Gevatter Nomäd vor der Kerkertür auf.

»Mit wem haben Sie gesprochen?«, fragte er Frau Habersak.

Als Antwort erhielt er ein Schluchzen.

Er vergewisserte sich dennoch. Im Kerker war niemand, bis auf seine Gefangene. Sie lag mit dem Rücken zur Tür auf dem Bett und schniefte.

Zufrieden brummjaulte er: »Der junge Fürstensohn hätte Sie gerne in der Zelle bei sich gehabt! Heulen Sie nur!«

Er wandte sich ab und kehrte zur Waffenkammer zurück.

Kaum waren die Schritte verklungen, drehte sich Frau Habersak um. Die Kinder krochen eines nach dem anderen aus ihren Armen.

»Er zieht bald los!«, sorgte sich Rosalin. »Was können wir nur tun?«

Donaldo ergriff das Wort: »Die Nachricht von Heikko. Sie ist die Rettung!«

»Ach ja?«, pikierte sich Frau Habersak. »Hat die pferdliche Durchlaucht eine Idee?«

»Ja, schon.« Donaldo überlegte und gab wieder, was Heikko ihm aufgetragen hatte: »Kein anderer als ein vollblütiger Hattersberg bringt einen ergebenen Vasallen zur Vernunft …«

»Verstehe, verstehe, guter Junge!«, unterbrach sie ihn wie gewohnt.

Frau Habersak war einerlei, dass außer ihr niemand Heikkos Schachzug verstand. Mit kreisenden Pupillen schnellplante sie die nächsten Schritte, als wäre sie eine Denkmaschine. »Donaldo geh und bitte Heikko die Verhandlungen zu führen.« Sie unterbrach sich. Hörte ihrer Zweitstimme zu, die ihr etwas einsagte. »Stimmt, du hast recht«, gab sie sich selbst recht. »Gevatter Nomäd ist ein dummer Name! Per Sofortdekret wird dieser getilgt. Wir nennen den Dämon wie er einmal geheißen hat – Vasall Bing.«

Sie richtete sich an die anderen Kinder. »Und ihr kehrt zurück zu euren Eltern.«

»Darf ich mich um das Lasso kümmern?«, fragte Yarok.

»Warum solltest du?«

»Gevatter Nomäd … äh, Vasall Bing braucht seine Hände, um die Würmchen zu dirigieren.«

»Versteh schon!«, begeisterte sich Frau Habersak über die Idee. »Mut wird nicht in Zentimetern gemessen! Nun los. Husch, husch, bevor die Armee aufbricht.«

Die Dorfschulkinder stürmten aus dem Kerker. Mark und Nyl waren inmitten des Kinderpulks und spürten, wie sie von Frau Habersak gepackt und zurückgezogen wurden. »Ihr zwei bleibt.« Sie umarmte sie zum Abschied. »Euer Platz ist auf dieser Seite.

Schön, dass ihr uns besucht habt. Hau mir ab … Frau Habersak. Keine Zeit!«

Schon war Frau Habersak aus dem Kerker gestürmt. Nyl und Mark sahen sich betroffen an.

»Das kann nicht wahr sein!«, beschwerte sich Nyl.

»Komm!«, sagte Mark. »Das lassen wir uns nicht entgehen!«

»Wäre ja noch schöner!«

Die beiden schlichen durch den Gang zum Mauerloch und folgten den Dorfschulkindern nach draußen.

Die Würmchenarmee breitete sich wie ein Lichtsegel über das Plateau. Trotz dunkler Nacht war der Platz hell erleuchtet. Mark und Nyl stellten sich an die Burgmauer und verhielten sich still. Die Habersaker, groß wie klein, dick wie dünn und erstaunt wie besorgt, saßen im Schneidersitz und verfolgten den Austausch der Verhandlungsführer.

Auf der einen Seite war Hengst Heikko mit seinem Mensch-Pferd-Dolmetscher Donaldo. Ihm gegenüber stand der Vasall, der einst dem Fürsten ein Versprechen gegeben hatte.

Donaldo bewegte seine Lippen zu Heikkos Wiehern und Maul auf und zu klappen und dolmetschte damit die getragenen Worte des adligen Hengstes.

»So wisset, Vasall Heinrich zu Bing, Ihr Mann von Ehre, kein geringerer als der letzte Nachfahre der Hattersberg steht vor Euch.«

In einiger Entfernung schwang und schwang und schwang Yarok Verhaftichwohls Lasso. Der Ordnungshüter war angetan von der Schwingkunst des Jungen. Jederzeit konnte er das Seil über die Hände des Würmchenanführers werfen und ihn abhalten, seiner Armee Befehle zu erteilen. Frau Habersak hüpfte jedes Mal hoch, wenn das Seil an ihr vorbei zischte. Sie stoppte ab, als sie sah, wie der Mann in Rüstung seine Maske absetzte.

»Hört meine Worte, die ich im Namen des Fürsten zu Hattersberg an Euch richte: Hiermit entbinde ich Euch von dem Versprechen, das Ihr einst der Familie Hattersberg gegeben habt. Die Bauernmagd zu suchen und sie der fürstlichen Gerichtsbarkeit zu überantworten, obliegt Euch von diesem Augenblicke an nicht mehr«, übersetzte Donaldo. »Kniet nieder, als Zeichen Eurer Folgsamkeit und Ergebenheit.«

Unvermittelt ließ sich der Vasall auf die Knie fallen und senkte wie ein Ehrenmann den Kopf.

Mit einem Wiehern beendete Heikko die Verhandlung und bat den Dolmetscher, Vasall Bing auf die Beine zu helfen.

Doch der junge Kissenbäuchler gehorchte nicht, stattdessen winkte er Frau Habersak herbei und flüsterte ihr ins Ohr, was Heikko ihm aufgetragen hatte.

»Wie aufmerksam und bedacht von dir«, sagte Frau Habersak. Sie wandte sich an Heikko: »Wenn du erlaubst?«

Der Hengst zustimmwieherte überrascht.

Unter den staunenden Augen der Habersaker knickste Frau Habersak sodann vor dem Vasallen und reichte ihm die Hand zum Aufstehen.

»Habt Dank, gnädige Frau«, sagte Heinrich von Bing und richtete sich auf.

»Von Herzen gerne, aber bitte nennt mich wie mich alle nennen, Frau Habersak.«

»Selbstredend, Frau Habersak«, erwiderte der Vasall.

»Sagt, jetzt wo unsere Fehde vorbei ist, wollt Ihr uns nicht in Habersak besuchen kommen, wenn möglich bei Tag und an keinem Letztfreitag?«

»Mit Vergnügen, Frau Habersak.«

Frau Habersak drehte sich um und verkündete: »Habt ihr das gehört, meine lieben Habersaker! Lasst uns ein Dorffest feiern und uns für alle Zeit an diesen Tag erinnern!«

Mit dem Jubelschrei der Habersaker drangen Stimmen und Geräusche aus dem Mauerloch. Mark und Nyl wussten, dass es endgültig Zeit war, in ihre Welt zurückzukehren.

»Die Klasse kommt, schnell«, sagte Mark.

Elegant wie ein Fürstensohn verbeugte sich Mark vor Nyl und ließ ihr mit einer ausladenden Armbewegung den Vortritt. Nyl freute sich über die Geste, knickste wie eine Edeldame und klettert als erste durch das alte Gemäuer.

Kaum war Mark ihr in die Katakomben gefolgt, rief ihnen vom anderen Ende des Ganges Frau Herrlich zu. »Ach, da seid ihr zwei ja! Kommt vor zu den anderen! Alle schön zusammenbleiben!«

»Glühwürmchen!«, schrie plötzlich eine Schülerin. »Überall!«

Die Begeisterung ließ Frau Herrlich vergessen, dass Mark und Nyl nicht bei der gemeinsamen Pause am Waldgehege gewesen waren. Sie war einfach froh, endlich einmal die Aufmerksamkeit der Klasse zu haben. Alle Kinder staunten über die Lichtpunkte an den Wänden und Gängen.

»Na! Ist das nicht eine schöne Überraschung! Ach, was haben wir für ein Glück!«, freute sie sich. »Das sind Abermillionen! Seht nur wie sie leuchten!«

Bei dem Schauspiel, das die Katakomben zum Glühen brachte, hatten Mark und Nyl dieselbe Idee. Sie ließen die staunenden Mitschüler zurück und kehrten zu der Stelle zurück, die sie in Frau Habersaks Welt geführt hatte.

Das Mauerloch war nicht mehr da.

Su Turhan

1968 verschlägt es den in Istanbul geborenen Su Turhan von der Bosporusmetropole ins niederbayerische Straubing. Nach dem Studium der Neuen Deutschen Literaturwissenschaft an der LMU München schreibt er Drehbücher, u.a. für Märchenfilme und arbeitet als Regisseur, wie für sein Liebesdrama »Ayla«, das internationale Publikumspreise erhielt. Mit »Kommissar Pascha: Ein Fall für Zeki Demirbilek« gab Turhan sein Debüt als Schriftsteller und veröffentlicht seitdem Kurzgeschichten und Romane. Er lebt mit seiner Familie in München.

Der vorliegende Roman basiert auf der Erzählung „Frau Habersak und die Sache mit Nyl und dem Teich“, die beim Literaturwettbewerb zur 10. Bonner Buchmesse Migration ausgezeichnet wurde.